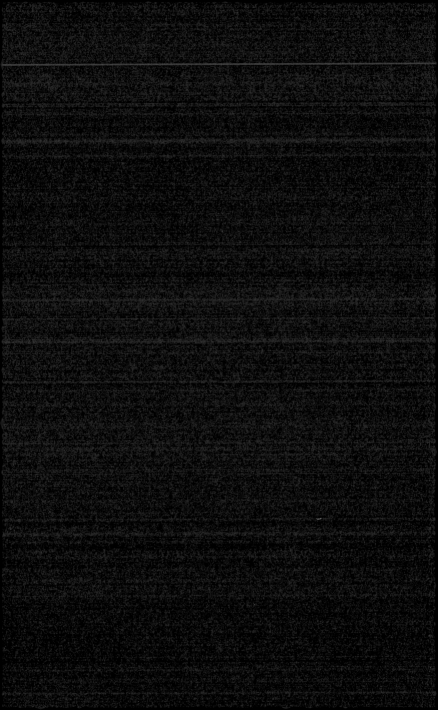

カスバの女

竹中水前
TAKENAKA SUIZEN

幻冬舎MC

カスバの女

目次

主な登場人物

前《まえ》野《の》幸《さち》……………パリ・クラブカルチェラタンのホステス
クリスチーヌ……………パリ・クラブカルチェラタンのホステス
井《い》原《はら》大《だい》輔《すけ》……………七洋商事社員　フランス語研修生
加《か》藤《とう》清《きよ》武《たけ》……………ニホンタイヤ社員　カイロ駐在技術員
ハリール……………アルジェリア石油公団職員・エンジニア
森《もり》本《もと》利《とし》夫《お》……………ニホンタイヤ社員　カイロ駐在営業担当
北《きた》山《やま》……………七洋商事アルジェ駐在員事務所長
大《おお》田《た》原《わら》……………同　　所長代理
熊《くま》田《だ》……………同　　機械メーカーからの派遣者
浜《はま》中《なか》……………ニホンタイヤ東京本社　海外営業部長
関《せき》根《ね》……………同　　海外営業部アフリカ課長
ブーメ大統領……………アルジェリア第二代大統領
シャドリ……………七洋商事アルジェオフィス運転手
ファリダ……………前野幸（キャシー）の付添家政婦

一、ロワール城物語

パリに在住する前野幸《まえのさち》は、かねてから特に見たいと思っていたロワール川流域のシュノンソー城とショーモン城を見学に訪れた。パリの同じ夜のクラブで働き、友人でもあるクリスチーヌと二人で一泊の予定だ。一泊といっても一つ星の下の流れ星と呼ばれる格安のホテルに只寝るだけ。シャワーもトイレも部屋にはついてなく、どちらも共同のものがある。それでもビデだけは部屋にしっかり備わっている。これはどういうこと？

クリスチーヌはアルジェリア系フランス人で、言葉はフランス語はもちろんだが、英語も日本語もかなり達者なマルチリンガルの変わったフランス人である。

シュノンソー城を見学しながら、クリスチーヌが城にまつわるエピソードを幸に説明してくれた。

「十六世紀のうしろだね。このロワールのシュール川をまたぐ形で建てられたのがシュノンソー城よ。国王アンリー二世が彼のおめかけさんのディアーヌ・ド・ポワチエに与えたのですよ、サチ」

城の中に入ると、主にルネッサンス様式の気品にあふれた装飾、家具などを観ることが出来る。

調度品の前に佇んでいると、そこに絶世の美女であるディアーヌが今でも存在するような、いや自分がディアーヌになり代わったかのような錯覚を起こさせてくれる。そしてそれは幸の胸の奥底にべったりとへばりついているいやな澱《おり》が少しずつ消えていくのを感じさせてくれる。

クリスチーヌは続ける。

「アンリー二世のおきさきはカトリーヌ・ド・メディシスといってフィレンツェの名門メディチ家からお嫁に来ました。だけど彼女にはこの近くの、少しみすぼらしいショーモン城が与えられたですのよ。彼女は〈私が王妃なのにどうしてあんな女にシュノンソーを与えて、私はショーモンでなければならないのだ……〉と怒りの日々を送っていたに違いないのですわ。ところがある日突然に、おきさきとおめかけの立場を一瞬で逆転させることが起きたのですわよー、サチ」

　幸はクリスチーヌの面白い日本語にくすっと笑いながら聞いた。

「えっ、何が起きたの？　クリスチーヌ」

「アンリ二世が馬に乗った槍試合で右目をやられましたの。そしてこれがもとであっさりと死んだのよ、サチ。槍の試合なんかやらなきゃならないものじゃないでしょう。アホだよ、男は」

「えーっ、それでどうしたの？」

「カトリーヌはこれをチャンスと思って、権力を発動した。ディアーヌからシュノンソー城を取り上げて、ショーモン城へ移らせたのですよ」

　幸は「ひどい！」と眉をひそめながら、「それにしてもよく知ってるし、日本語うまいわね、あなた」

「ガイドブックに書いてある通りだよ」

　シュノンソー城のシュール川をまたぐ橋の部分は、カトリーヌの故郷のフィレンツェにあるベッキオ橋に似せて造らせたものだ。春の柔らかい日差しを浴びてゆったりと流れる水面に、橋が映し出されている。女の闘いの跡とはとても思えない静かなたたずまいである。

　二人はシュノンソー城から、ショーモン城へと移動した。

クリスチーヌが横にいるサチにつぶやいた。

「あんなに豪華なシュノンソーからこの寂しいショーモン城へ移されたディアーヌは悔しかっただろうね。めかけだけど、自分の方がアンリー二世に愛されていたと信じていただろうしねえ、サチ」

幸はそれを聞きながら、紫の服を着たディアーヌ・ド・ポワチエの肖像画を見つめ、

「王妃カトリーヌの怨念もわかる。けど、アンリー二世を失ったディアーヌの深い悲しみ、そしてショーモン城に移された屈辱とカトリーヌに対する怒りが、よく理解出来る気がするわ。その屈辱は、ショーモン城の方がみすぼらしいからということとは違う気がする」と、幸が首をかしげながら言うと、

「えっ、ということは、もしかしたらサチも同じような経験をしておりますわね」と、クリスチーヌがからかうように言った。

ベンチに座ると春の風が心地良く二人を包む。

ショーモン城の庭を眺めながら、幸はしみじみとした口調で自分の過去を、クリスチーヌに告白しだした。

あたかも、過去を見つめなおし、そしてあらためてそれを吹っ切る決意を再確認するかのように。

「実は私は東京の中堅商社の事務職として働いていた時に、上司である部長と恋愛関

係に陥ったのよ。でも相手は家族持ちなので、日本語で言えば不倫ということね。フランス語では何て言うのかしら？　クリスチーヌ」

「アデュリテールとかイモラリテとか言いますわね。でもサチは美人だから妻子があるヤツではなくても、いくらでも独身男子を選べたのではないでしょうか」とクリスチーヌは言った。

「そんなことないわよ。うーん、でも他の男子から交際を求められたことが全くないとは言わないけど、魅力のある男性が他にいなかったことは確かよね」

「ふーん、で、その上司との関係はどうやって始まったのですか？」

「彼氏がいないまま五年が経ち、私は二十五歳になっていたの。そんな折に、私が所属していた部署に風間俊夫《かざまとしお》という新任の部長が来たの。近くで彼の仕事ぶりを見ていて、情報分析力や決断力、部下への厳しいけど思いやりのある対応、そして上司への毅然とした態度などに惹かれてしまったのよねぇ」

幸は遠い日本、遠い過去を見るように目を細めて空を見上げた。鰯雲が浮かんでいる。のちに雨が来るかも知れない。

上司へのそんな思いは時を経ず恋心に変化し、やがて男女の関係になっていったのは自然の成り行きだった。

二十歳年上の彼だが、母子家庭で育った幸だから、会ったこともない父親に対して抱いているイメージに近かったのかも知れない。

彼に妻子がいるのは最初からわかっていた。

母親に打ち明けたら「そんな交際は絶対にやめなさい。お母さんと同じ道をたどるよ」と止められた。

その意味は幸にはわかったが、結局は母親の忠告は聞かなかった。

幸の母親は若い頃銀座のクラブのホステスだったそうだが、そこに通っていたお客とねんごろな関係になった。

相手は通産省のキャリア官僚で妻子があった。

「母は相手に迷惑をかけるつもりは全くなかったけど、相手の奥さんが旦那さんの浮気を知って、すったもんだのあげく自殺を図ったらしいのね。自殺は未遂に終わったけど、相手の男はそれきり母と会わなくなり、母はホステスを辞めたの。でもその時は既に母は身ごもっていたのよ。母は男にも知らせず女の子を産んで、しあわせになることを願って幸《さち》と名づけた。それが私よ、クリスチーヌ」

「えーっ、そうでございますか。フランスの小説のようですね」

「確かにそうだわね。母は必死で働いて私を育て、短大まで行かせてくれたの。でもそれまでの無理が身体を蝕んでいたのね。私が短大を卒業して就職した頃から、具合が悪くなって、二年前にあっさりと逝ってしまったの。で、結局私も母と同じ道をたどろうとしていたのよね」幸はそう言ってため息をついた。

「ふーん、悲しいですわね、サチ」クリスチーヌは涙ぐんだ。

「彼が月に一度か二度、気が向いた時に私のアパートに寄ってくれればそれで満足と思うように努力していたのよ。そう簡単なことではなかったけどね。クリスチーヌ」

「そう簡単なことではございませんわよ」

毎日会社では会えるが、その時は単なる上司と部下であり、全くの仕事の関係を装っていた。

「彼が私のアパートに来た瞬間は、私はたわいもない出来事を喜々としてしゃべって、彼は飲みながらそれをじっと聞いてるの。いや、聞き流していたのかも知れない。だけど時計の針は残酷なのよね。淡々と時を刻んでいく。そうして別れの恐怖が襲ってきて、私は急にしゃべれなくなってしまうの。不機嫌ととられるのもいやなので無理に明るく振舞おうとするけど、態度が不自然になるのよ」

彼の腕時計が止まってくれないかと願う時だ。

「わかる、わかる、モア　オシ（私もよ）」クリスチーヌが頷いた。

そして別れの時が否応なくやって来る。

「彼は欲求を満たしたら、はっと我に返ったように急いで身支度をして、未練など何もなさそうにドアを閉めて去るの。彼を見送ったあと、部屋がうすら寒くなって身体がぶるぶると震えるのよ。楽しいひと時はいつも束の間で、ほとんどは寂しい時間の連続なのよねえ、そうじゃない、クリスチーヌ」

「そうだわねえ、楽しい時はすぐ終わりますね、何故でしょうね、サチ」

そういう関係が三年も続くと、やはり我慢しきれなくなる。

「私は、今夜は泊っていって、とせがむようになったの。彼は困った顔をして、無理だよ、とだけ言って去るの。私は、また我儘を言って彼を困らせてしまった、と反省しながら、たまには泊ってくれたっていいじゃない、と、ため息をつくことの繰り返しだったわ」

「うーん、でもそういう寂しさも含めてサチは幸せだったんじゃねーの」と、クリスチーヌは慰めるように言った。

そんなある日、突然幸のアパートに訪問者があった。ドアを開けるとそこには和服を着た品のいい婦人が立っていた。

「前野幸さんですね。わたくしは風間の家内でございます」と。

幸は驚いて咄嗟にドアを閉めてしまった。

再度チャイムが鳴らされると、すぐにドアを開け、

「ドアを閉めてしまって申し訳ありませんでした。どうぞお上がりください」と、夫人の足元にスリッパを置いた。

「いいえ、ここで結構です。すぐに去りますから」

幸はとにかく上がってほしいとすすめたが、夫人は上品な鼻緒の草履を脱ごうとはせず、立ったままで話しだした。

「あなた様がご存じの通り主人は会社の中でこれから昇進していくのに重要な時期におりますの。また実は娘がある企業の重役さんのご子息とのご縁があり、もう少しで婚約が整いつつあります。かように主人も娘も、共に大事な時を迎えておりますので、今おかしな噂が立つと困るのです。どうかわたくしの言わんとすることをお察しいただきたいと存じます。尚、わたくしがこちらにお邪魔したことは主人には内緒にしております」と、一方的に言った。

何を勝手なことを言うの、と幸は思ったが、その時母の言葉が蘇った。

「あんたがお付き合いする相手のご家族にご迷惑をかけることだけは、絶対にやってはいけない」

自分は風間家に迷惑をかけるつもりはない。今のままでひっそりと生きていければいい、そう思っていた通りを幸は風間夫人にぶつけた。

「私は風間さんのご家族にご迷惑をおかけするつもりはありません。今のままでいいんです」

「それが困ると申し上げているんです。きっぱりと別れてください」夫人の声が少し大きくなった。

「ご迷惑はおかけしません。私は何も望みませんのでご安心ください。只お付き合いだけは、今まで通りの形でさせてください。お願いします」

これは勝手な理屈かも知れない。

「それがダメと言っているのです。主人とは一切会わないでください」

「それは出来ません」

話が堂々巡りになった。

「別れてください。お願いします」夫人の声が更に大きく尖ったようになった。幸は、

「ご近所迷惑です。お帰りください」と言って夫人を外へ押し出し、ドアを閉めてしまった。

外でしばらく夫人のすすり泣きが聞こえたが、やがて静けさが戻った。

「それは大変だぜよ。それでどうなったんだ?」

幸はしばらく答えなかったが、

「実は……実は……風間夫人は自殺しかけたのよ。未遂で大事には至らなかったけど」

と、絞り出すように言った。

「えーっ、じゃあサチのお母上のケースと同じじゃないか。娘さんはどうなった?」

「わからない。そして私は考えに考えたあげく、風間から遠くへ去るという結論に

至ったの。それで私は会社を辞めてパリに来たのよ。あら、ごめんなさい、私のことばかりしゃべって。話が長くなったけど、こんな話をしたのは初めてよ、クリスチーヌ」

「ふーん、大変だったたね。それで彼は引き止めなかったの？」クリスチーヌが聞くと、

「引き止めてほしかったけど、もちろん引き止めるわけがないわね」

「多分その彼も終わりにするべき時だと思ってたんじゃねーのかしら。私も同じような経験を一度だけでなく経験してるですよ。相手の女性が自殺するまではいかないけど。それでもう恋愛はばからしくなって、今はゆきずりの関係で済ませているわよ。気楽でいいわ。他人は私のことを恋多き女と陰口を言ってるらしいけど」と、クリスチーヌは投げやりな口調で言った。

「そうなの、そんな陰口は聞いたことがないわ」

一緒に働いている店の中で、幸はクリスチーヌへの陰口を聞いたことがあるが、知らないふりをした。

幸は八年間勤めた分の退職金をもとに、かねてからあこがれていたパリへ来た。ここですべてを断ち切るつもりで。

パリには旅行で一度来たことがある。その時は只々驚いただけだったが、住んでみると、大都会ではあるが東京とは全く違った。そもそも住んでいる人種が多岐にわた

る。服装もまちまちだ。どんな格好をしていても恥ずかしく感じることはない。ダイバーシティの見本のように感じた。

生活のために少しでも収入を得なければならないが、観光ビザでの入国だしフランス語が出来るわけでもない。

日本人向け新聞の求人欄で見つけた日本人経営のクラブで働くことにした。所謂もぐりの就労であるが、結構多いらしい。

それは〈クラブ・カルチェラタン〉といって、その名の通りセーヌ左岸のラテン地区にある。このラテン地区には大学が多くあり、ラテン語を勉強している学生が多いことからその名がつけられている。昼間は多くの学生で賑やかだが、夜になると大通りを一歩横に入ればひっそりとしている。

幸とクリスチーヌはこの店で知り合った。

クリスチーヌはフランス人といってもアラブマグレブ系なので少し個性のある顔つきだ。その顔で面白い日本語をしゃべるので人気がある､反面ちょっと引く客もいる。

二人はシュノンソー城、ショーモン城を観たあと、食事は地方の名物料理である『マトロット・ダンギーユ』を取った。

「これはね、ウナギとタマネギ、セロリを地元の赤ワインで煮込んだものなのですわよ、サチ」

とクリスチーヌが解説してくれた。それとリンゴの〈タルトタタン〉も頂いた。幸はどちらも「おいしい」と言って舌鼓を打った。

食事のあと、クリスチーヌの提案でオルレアンを訪れた。

クリスチーヌが再び幸に説明する。

「十四から十五世紀にフランス対イングランドの百年戦争が起きたのですよ。このオルレアンがイングランドに囲まれて陥落寸前となった。その時に、女の子のジャンヌ・ダルクが参戦、ていうのかな、戦ってイングランドに勝ったとよ」

「その話は少し知ってるわ。でも女の子によくそんなことが出来たわね」幸は率直な疑問を投げかけた。

「それはね、神がついていたからですわよ。戦うようにと神様が彼女に命令したのです。でも彼女は後に魔女と呼ばれ火あぶりの刑になった。神がつくというのは、いいことも悪いことも受け入れなければならないのよねー、サチ」

「うーん、そうか、でも残酷よねぇ」

ロワールの川面から吹く風が、幸の心と身体をぶるっと震わせた。

気分を変えて二人はウインドーショッピングを楽しむことにした。一軒の小さなブティックの前で、

「あら、このドレスは素敵!」とクリスチーヌが言った。

そこにはまるで生きているかのようなマネキンが身に着けたドレスが飾ってあった。

「あぁそうね、ディアーヌ・ド・ポワチエの肖像画にあったような薄紫のドレスだわ」と、同意すると、

「サチ、きっとあなたに似合いますよ。丁度雨も降ってきたので、中に入ってみるか」とクリスチーヌが提案した。

店の中に入るとハンガーにかけられた色とりどりのドレスがびっしりと下がっていて、どれもとても魅力的だった。

その中にマネキンが着ているドレスと同じものを見つけた。薄紫の地色に所々に金色の星が刺繍されているすっきりとしたデザインのものだ。

（これを着れば絶世の美女であったあのディアーヌに少しは近づけるかも）と幸は思った。

幸がそれを手に取って眺めている間に、中年の女性店員と話し込んでいたクリスチーヌが幸の所に来て、

「やっぱりそれはサチにお似合いですわよ。着てみたらどうかしら」と試着を勧めた。

「試着したら買わなければならなくなるでしょう」

「そんなことはないですわよ。試着するだけでもいいのです、ねえ、マダム」とクリ

スチーヌが中年の女性店員に聞いた。

「どうぞどうぞ」と、女性店員はにこやかに言った。

「じゃあ着てみようかしら」

フランス人のクリスチーヌがついているし、この女性店員とは知り合いのようだから無理やり買わされることはないだろう、と幸は薄紫のドレスを持って、うきうきした気分で試着室に入った。

着替えを始めたその時、開くはずのない正面の姿見が突然開き、一六二センチの幸の目の前に黒の皮ジャンの胸のあたりが現れた。驚いて見上げると、縮れた黒いあご髭がもみあげまでつながった赤鬼のような顔が幸を見下ろしていた。

声も出せずすくんだ瞬間、口を塞がれた。そして幸は漆黒の深い闇の中へ落とされていった。

二、クラブ・カルチェラタン

井原大輔《いはらだいすけ》は福岡県大牟田市の出身で、国立大学を卒業後、日本の大手商社である七《しち》洋《よう》商事に一九七〇年に入社した。

東京本店物資本部に配属されて五年目になる。身長は一七三センチとそう大きい方ではないが、大学でアメラグ（アメリカンフットボール）をやっていた関係でがっしりとした体躯である。

七洋商事は世界各地にビジネスを展開しているが、近年は特にアフリカのフランス語圏を重点的に攻めるための体制を整えつつあった。

会社に社員向けのフランス語研修制度がある。フランス語圏を攻めるには当然フランス語能力が必須であるが、この研修制度にパスするのはかなり難しい。

井原は自信は全くなかったが、ものは試しだと応募してみたら思いがけずパスした。

結果、現在彼はフランス語研修生としてヴィシーに滞在している。ヴィシーはフランス中部の温泉町で、短期間ではあったが第二次大戦中のヒトラードイツ占領下ではフランスの首都であった所だ。

語学研修生の身であるから、予定の一年間は仕事はせずフランス語にどっぷり漬かる生活だが、月に一度はパリにある七洋商事フランス支社へ報告に行かなければならない。

といっても仕事をしているわけではないから、これといって報告することもない。要は無事であることを身をもって示すというのが本来の目的である。

ヴィシーから約三百キロメートル離れたパリへ、井原は当初は列車を使ったが、その内にシトロエン・2CV《ドゥーシヴォー》のボロ中古車を購入し、それで往復している。シヴォーは馬。だから2シヴォーは二馬力という意味だ。

それは一九七〇年モデルで、排気量は六〇二CCと初期モデルよりアップしている。農業国フランスの農家を狙った車であるから、農道を走るのを想定して床を高くしている。その分ルーフが高いのでおのずと背が高い形状であり、ローリング（カーブした時の車体の横揺れ）は大きい傾向がある。

井原はパリを訪れた夜には、日本レストランで久しぶりの日本食を味わう。フランス料理に不満はないが、日本人にはどうしてもやや重く、たまにはシンプルで淡白な日本料理が恋しくなる。

日本食のあとは、やはりひかえめな日本人の女だ。

その夜も井原はオペラ座近くのラーメン屋でラーメンとギョウザでビールを一杯やったあとに、オデオンにほど近い、日本人経営のクラブ・カルチェラタンに向かった。

酒酔い運転は法的には禁止だが、捕まったことはない。

夜のパリで酔っぱらい運転を取り締まったら、ドライバーは一網打尽となること請け合いだ。

大通りを一本入った狭い路地には、乗用車がびっしりと隙間なく縦列駐車をしている。その車列の中に、自分の車が入りそうなスペースを探す。そして前後の車をバンパーでぐいぐいと押して、スペースを広げて駐車する。ぶつけるのではなく、バンパーどうしを接触させて押し込むのがコツだ。そうすれば相手も自分のバンパーも傷ついたりへこんだりはしない。これがパリ式駐車方法である。

フランス語研修生の分際で日本人経営のクラブに入り浸るのは不謹慎だ。だが普段フランス語オンリーの世界にいると、やはりたまには祖国日本の雰囲気やにおいに引き寄せられてしまう。更に、そこに働くホステスの幸《さち》に、井原は密かに思いを寄せていたからよけい磁石のようにその店に吸い寄せられてしまう。

パリに秋が訪れると、すぐに冬の気配が漂い始め、うら寂しい気分になる。その感傷が一層この店に足を向かわせてしまうのかも知れない。

そんな心寂しい夜に井原がクラブ・カルチェラタンを訪れ、カウンターの一番端の席に座った時、店の女の子たちはまだ誰も出てきていなかった。

十分ほどすると「おはよう」と言って女の子が店に入ってくる。

「あら、井原さん早いわね」聞きなれた声が背中に響き、カウンター席へ近づいてきた。幸だ。

ほのかに男の鼻腔をくすぐるようなフローラル系香水の香りが漂う。何という名前の香水だろうか？

ストレートの長い髪が二筋三筋ほつれて白いうなじにまとわりついている。

「残念ながらクリスチーヌはまだ来ていないわね。でももうすぐ来るわよ」と幸がからかうように言った。

何か勘違いをしてるんじゃないか、と井原は思ったが、特に反応はせず、

「そうだね。クリスチーヌが来たら、またフランス語を教えてもらうよ」

「がんばってね」

その時扉が開いたので、幸はそちらを向いた。秋風がスーッと侵入し、彼女の髪を吹き上げた。その髪が井原の顔にじゃれついた。

おっと、悪くないな、井原は後ろから抱きたい気分になったが、思い止まった。入ってきたのは日本人の男四人組だった。すぐに幸はその対応に向かった。

店内にはダニエル・ビダルの『オー・シャンゼンリゼ』が流れている。シャンソンやその時々に日本で流行っている音楽が流れるので、それを聞くのも井原の楽しみの一つである。

月に一度パリへ来て、一日の最後にはクラブ・カルチェラタンへ寄る、あとはヴィシーでのフランス語にどっぷりの毎日で月日が流れる。

井原はいつもカウンター席に座るので幸とはめったに話はしない。幸もわざわざ話に来ることはない。話をするのはもっぱら時々声をかけてくるクリスチーヌとであった。彼女が井原に特別の感情を抱いていることは言葉の端々にくみ取れた。

彼女はフランス人であるし、日本語も出来るので、井原にはフランス語の勉強には都合が良かった。それ以上の感情はない。

幸はいつものようにボックス席でお客の対応をしている。何のブランドか知らないが、カラフルでエスニックな装いが似合っている。

クリスチーヌがカウンターにいる井原の近くへ来た時に聞いてみた。

「クリスチーヌ、あのさっちゃんが着ている服のブランドは何?」

「気になるの?」

「おれは商社員だから、一応なんにでも興味があるんだ」

「ふーん、そうかい。あれはね〈ルネデリ〉というブランドですたい。ギャラリー・ラファイエットで買ったらしいわ。そう高級品じゃないけど、プレタポルテのカジュアルブランドで結構人気あるですよ。悔しいけどサチによく似合っとる」とクリスチーヌが言った。時々面白い日本語を使う。

確かに幸はこの店の女の子の中でも目立つ方だ。だが彼女にはあまり笑顔がない。それがどことなく神秘的でお客に人気の理由にもなっているようだ。

あんなお客たちと話をしても楽しくないだろうな。だから笑わないんだ、と、井原は密かににがにがしく思うことがよくある。

七洋商事フランス支社所属の日本人駐在員の先輩たちも、時おり客や日本からの出張者を伴って飲みに来るが、彼らは当然ボックス席に陣取る。そして幸やクリスチーヌや他のホステスたちがすぐに彼らにつく。

井原は彼らに挨拶をするだけで、ボックスに同席することはない。研修生は肩身が狭いのだ。

パリ・ヴィシー間は南北に直線路の多い国道七号線をひた走れば良いのでシンプルではあるが、三車線という変則車線がしばしば現れる。

つまり外側の二車線はそれぞれ上り用、下り用となっているが真ん中の一車線は上り下り共用の追い越し車線となっている。

上りと下りの両側の車線から同時に中央車線へ出て追い越しをかける。どちらも譲らない。そのままだと正面衝突となる。ぎりぎりのところまで来て、どちらかがあきらめて走行車線に戻る。

井原がある日パリから南へ戻る途中のことだった。中央車線へ出て前の車の追い越しをかけた。対向車線からはトラックが追い越しをかけてきた。

トラックは追い越しに時間がかかるから、当然トラックの方が譲って走行車線へ戻ると井原は想定した。それでそのまま中央車線を走り続けたが、右横の乗用車も譲ろうとしないでむしろスピードを上げてきた。井原はなかなか右横の車を追い越せない。前から来るトラックも中央追い越し車線に残ったままで近づいてくる。両車の相対速度はそれぞれの速度の和となるから、またたく間に近づく。危ない！

井原は追い越しをあきらめて、走行車線へ戻るために速度を落としてハンドルを右に切った。シトロエン2CVがローリングをしてぐらりと揺れた。そこにトラックが猛スピードで左側すれすれを通過していった。

「フー、危なかった。あれだけ車が傾いても、タイヤがしっかり路面をグリップしてくれた」と、ため息をつきながら独り言をつぶやいた。

日帰りで往復出来ないこともないが、昼間でもこのような恐怖の国道七号線だから、夜中にヴィシーまでドライブするのは危険極まりない。

というもっともらしい理由をつけて、彼はパリに出た時は、一泊して翌朝戻ることにしている。もちろん泊まるホテルは一つ星かその下の流れ星と呼ばれる格安ホテルである。

ヴィシーでのフランス語学習と月一回パリに出て会社への報告、夜の自由時間を過ごすうちに七ヶ月ほどが経過した。

井原はいつものようにクラブ・カルチェラタンへ顔を出した。

店内に流れていた音楽はシャンソンではなく日本で流行っている細川たかしの『心のこり』だった。♪私バカよね　おバカさんよね　……♪　ドラムの響きが小気味良い。

こういう歌を聴くと日本への郷愁がつのる。

クリスチーヌや他の女の子たちは接客中だが幸の姿が見えない。

席を外してきたクリスチーヌをカウンター席の井原が呼び止めて聞いた。

「さっちゃんは休みかい？」

「サチ？　さあ、どうしたかいな、しばらく来てないね。気になるの？」クリスチーヌは井原の目を覗き込んだ。

「いや、ちょっと聞いてみただけだ」井原は気のないそぶりをした。

クリスチーヌは井原の肩に手を置き、口を耳に近づけてささやいた。

「あなたには私がいればそれでいいですのよ」

少しチーズの匂いがする彼女の息を受けながら井原は、お前がいたって関係ねーよ、と思ったが言わない。彼女はフランス語の勉強に便利だから関係は保っておいた方が良い。

店のママにも聞いてみた。

「さっちゃんはね、突然来なくなったのよ。一番仲のいいクリスチーヌに聞いてみたけどわからないらしい。急に何かあって日本に帰ったのかも知れないわね。連絡が取れないからどうしようもないのよ。その内ふらっと戻ってくるんじゃないかしら」と訝しげだった。


幸とはそれきり会えぬままに、井原の研修生としての一年が過ぎようとしていた。一年といってもこちらの学校は九月始業で六月終業の実質十ヶ月だからあっという間だ。

フランス語研修が終了すると、次の一年間は実際のマーケット現場に駐在しての実地訓練となる。社内ではお礼奉公と呼ばれる。

お礼奉公に出る現場は当然フランス語圏で、しかも七洋商事の出先があるところとなり、北アフリカのチュニジア、アルジェリア、モロッコや西アフリカのセネガル、コート・ディボワール、更にザイールあたりが候補となる。ベトナムやカンボジアも考えられる。そろそろ井原としての希望先を出さなければならない時期になった。

　井原はこれが最後となるかも知れないと思いながら、クラブ・カルチェラタンに顔を出した。幸は相変わらず店に来ていなかった。

「あら、井原さん、もう一年経つの、早いわねえ。これからどうするの、東京へ帰るの？」と、ママはいかにも残念そうに聞いた。

「お礼奉公でもう一年どこかのフランス語圏で働かなければならないんだ。アフリカのどこかになると思うよ」

「そう、ご苦労様ですね」

　この話は店の女の子にもあっという間に知れ渡り、クリスチーヌがすぐに井原がいるカウンターの所にやって来た。井原は、

「フランス語を教えてもらって助かったよ。ありがとう。これからどこかへ行って実践することになるよ」

「どこかへって、どこでございますか？」彼女は興味深げに聞いた。

「わからないけど、いずれにせよフランス語圏だよ。どこがいいかなあ？」

すると彼女はしばらく考え込んでいたが、井原の耳元でそっとつぶやいた。

「アルジェリアがいいと思うでやんす」誰に教わったのか、変な日本語だ。

「君のルーツか?」

「そう、私の生まれたところでやんす。その時はフランスのアルジェ県だったけど、もちろん今は独立国だぜ。日本もあなたの会社も、あなたもアルジェリアをサポートしてほしいぜ」

クリスチーヌの提案を聞き入れたわけではないが、井原は赴任先の第一希望をアルジェリア、第二をモロッコとして会社に提出した。

後日、彼にアルジェリア派遣の辞令がおりた。

三、　ブーメ大統領の悲願

アルジェリアは北アフリカの陽の沈む地マグレブと呼ばれる地域の一角にあり、地中海沿岸に沿ってアトラス山脈が横たわる。

アトラス山脈の南には、面積一千万平方キロメートル、日本の二十七倍に及ぶサハラ砂漠が広がる。

七洋商事の井原大輔がフランス語研修後のお礼奉公でアルジェリアの首都アルジェに赴任したのは、第一次オイルブームのさ中の一九七六年七月である。

パリ・オルリー空港からエールフランス機で二時間、井原はアルジェ国際空港へ降り立った。

発展途上国への入国の特徴で、パスポート・コントロールや荷物チェックでのトラブルを覚悟していたが、思いのほかスムースに通り抜けた。日本人にはフレンドリーな感じだ。

何故だろう？と井原は不思議に思ったが、それはほどなく理解することとなる。

七洋商事のアルジェオフィスが手配してくれた男が、「ムッシュ・イハラ」と書いたボードを持って待っていた。

オフィスの専属運転手で、シャドリという名前だそうだ。

空港駐車場へ行くと、やはりフランス領だった名残りでフランス車のルノー、プジョーが多い。その中でひときわ高級感を漂わせている黒塗りのシトロエンＤＳ（デーエス）が目に入ったが、これが社有車だそうだ。

乗り込んでシャドリがエンジンを始動すると、ハイドロ・ニューマチック・サスペンションが作動し、車体がふわりと浮いた。

空港から西へ地中海岸を走る。はるか正面の小高い丘の斜面に白い街並が夏の強い日差しに輝いている。

空の青、山の緑、そして白い街のコントラストがあざやかすぎる。井原が描いていたアフリカのイメージとはかなり違った。

「シャドリさん、真正面に見えるのはアルジェの街並みかい？」

「シャドリと呼んでください、ムッシュ・イアラ」フランス語ではＨを発音しないからイアラとなる。

「じゃあこれからシャドリと呼ばせてもらおう、私の名前はイアラではなくイハラだよ、発音しにくいだろうが頼むよ。しかしすばらしい眺めだなあ」

「はい、ムッシュ・イハラ、あれがアルジェです。フランスが作った街です。あの丘の中腹に見えるひときわ大きな建物が、アルジェリアの独立祝いにエジプトのナセル前大統領から贈られたオテル・オラシイです。建設の途中で建物が傾いてしまったのでやりなおしたりして、まだオープンしていません」ホテルもHは発音せずオテルとなる。

空港から四十分ほどして、井原が連れてこられた所はそのオテル・オラシイの脇を抜けた丘の上にある二階建ての家であった。エルビアールという町だそうだ。

ここが七洋商事の駐在員で独身者または単身赴任者の住まいになっている。

「荷物を置いたらオフィスに行くので待っていてほしい」と、運転手のシャドリに言って家へ入ると、お手伝いさんらしき女性がキュジーヌ（キッチン）を掃除していた。

井原が到着するのは聞いていたらしく、すぐに「自分の名前はファツマです」と挨拶をして、彼の荷物を持って二階の部屋へ案内した。二階にはベッドルームが三つあって、その内の一つだ。八畳間ぐらいの部屋の中にはベッド、事務机と椅子、洋服ダンスが設置されている。

二階のもう二部屋には家族を日本に残している単身赴任者が居住していると聞いて

いる。

一階にベッドルームがもう一つあるが、日本から送られてきたインスタント食品やらなにやら物置のようになっている。

そういう間どりで、この家は日本式に言えば4LDKとなる。

高台にあるためにバルコニーから地中海が一望出来るが、ゆっくり景色を楽しんでいる余裕はない。井原はすぐに待たせてある社有車に戻った。

七洋商事アルジェ駐在員事務所はアルジェ市の中心部のビルの五階にあった。

遠くからは美しく輝いて見えた街だが、中に入ると、通る人々や街に漂う匂いも含めてフランスとは違う空気が漂っている。パリの北にあるアラブ人街的な雰囲気を井原は感じた。

オフィスへ到着すると、彼は早速所長室へ挨拶に出向いた。

「今日からお世話になります、井原です。宜しくお願いいたします」と挨拶すると、所長の北山《きたやま》は席から立って井原に近寄り握手をしながら、

「井原君よく来てくれたね。とりあえずオフィスのメンバーを紹介しよう」と言って、所長室を出ると、全所員の執務机がある大部屋へ井原を連れていって、

「みんな、新メンバーを紹介する」と声をかけた。

そこにいるメンバーは大田原《おおたわら》所長代理、機械担当の清川《きよかわ》駐在員、機械メーカーから

の短期派遣者の熊田《くまだ》及びローカルスタッフのナシール、それに女性が二人、秘書のナーシャと事務員のアニーサである。

この他に運転手のシャドリ、そしてお茶くみや雑用担当のサルマおばさんの総勢九人だ。今回そこに井原が加わることになる。

こぢんまりとしたオフィスだが、アフリカでの七洋商事の海外駐在オフィスとしては大きい方だ。アルジェリアへの期待度が窺える。

一通りの紹介が済むと北山は大田原に、

「大田原さん、井原君にアルジェリアの概況と当オフィスの役割やビジネスの現状を説明してください」と指示というよりお願いのような口調で言った。ずい分紳士的な所長だな、と感じながら、井原は大田原に従って会議室へ移動した。

会議室には大きな楕円形のテーブルが真ん中にあり、周りに椅子が十二脚配置されている。窓は中庭に面しているので、街の喧騒はほとんど入ってこない。

壁には額に入った大きな地図が二枚貼られている。一つは世界地図、もう一つはアルジェリアの地図だ。

大田原が座り、

「君も座っていい」と勧めたので、井原は「失礼します」と断って対面に座った。

井原は大学時代アメラグをやっていたのでがっしりした身体だが、大田原も大学では相撲部にいたそうで、井原に負けない身体をしている。元々研修生は肩身が狭い立場だが、更に体育会系同士ということで井原の緊張度は否応なしに高まった。

そこにお茶くみのサルマおばさんが入ってきて、

「カフェ　ウ　テ?」（コーヒーですかティーですか?）と聞いた。大田原はカフェオレ」と言い井原に、「君はどっちがいいか?　テはここではジャスミンティーだ」と言ったので、

「ああ、そうなんですか。それではジャスミンティーにします」と言って、

「デュ　テ　シルヴプレ」（ティーをお願いします）とサルマおばさんに頼んだ。

そのジャスミンティーは砂糖がたっぷり入っていてとても甘かったが、良いジャスミンの香りがした。

「おいしいですね、大田原さん」

「ちょっと甘すぎるだろう。次回から砂糖を少なく、とか、砂糖なしとか指定すればいい」大田原はそう言ってカフェオレを飲んで、ポケットからマールボロを一本取り出して煙草に火をつけた。そして深く喫って、フーッと口と鼻から煙を吐き出した。

井原は煙草の煙と匂いが好きではないが、もちろんやめてくれとは言えない。

大田原は一口二口喫うと、灰皿にもみ消した。もったいない。

「さて、早速概況説明に入るか」と、大田原は言って地図の横に立った。

「アルジェリアの国土面積は二三八万平方キロメートルで日本の六・四倍だ。しかしこの地図の通りほとんどがサハラ砂漠だ」

「確かに北の地中海沿岸部以外はほぼ茶色ですね」

「そうだ。実際に一九七二年の統計で人口は千五百万人だが、その九〇%がこのアトラス山脈以北の地中海沿岸に住んでいる。人口がどんどん増えているので、一九七六年現在では千七百万人と推定されている」

井原も席を立って地図に近づいた。

「このサハラ砂漠は人の住めない不毛地帯のようですね」

「確かに人間を寄せつけない土地だが、この砂だらけのサハラ砂漠がアルジェリアの生命線だ」

「石油ですね」

「そうだ、この砂の中に天然ガスとオイルがたっぷり埋蔵されている」

井原はあらためてアルジェリア地図の大部分を占めるサハラ砂漠を見つめた。

「地中海の恵み、アトラス山脈のもたらす地の恵み、そしてサハラ砂漠の石油の恵み、これがフランスが一八三〇年からアルジェリアを特別な植民地として百三十年間も手放さなかった理由《わけ》だ。西隣のモロッコや東隣のチュニジアやその他の西アフリカ諸国などの旧フランス領とは植民地時代におかれていたステイタスが異なる。フランスがアルジェリアを統治した間、アルジェ、オラン、コンスタンチンの三大都市をフランスの〈県〉として本土と同じ扱いをしたんだ。

「なるほど、そうですか。ところで植民地になった国の現地人はどこも奴隷のように扱われていたと聞いていますが、アルジェリア人の扱いはどうだったのでしょうか？」

「やっぱり現地人の扱いは他の植民地と同じだったようだ。君のような研修生が社内では人間扱いされないのと同じだ。フランスが統治していた時代には本土から移住してきたコロンと呼ばれるフランス人主体の欧州人は百万人に達した。そいつらが征服者のように我がもの顔で現地人をこき使っていたようだ」

「確かに研修生は人間扱いを期待しておりません」と井原は頭を搔いた。大田原は続けた。

「当然のことながらアルジェリアは独立に動き、一九五四年頃からその運動が激化した。それを阻止しようとコロンと呼ばれるアルジェリア在住のフランス系人民が独立阻止に動いた。そしてアルジェリア民族解放戦線（FLN）との間に内戦が勃発した。このアルジェリア独立戦争は、百万人以上の死者を出す壮絶な闘いとなった」

大田原の説明が熱を帯びてきた。井原は彼の説明を神妙な顔で聞き入っている。

「そしてついに時のフランス大統領ド・ゴールが独立承認に動き、これを阻止しようとする秘密軍事組織（ＯＡＳ）がド・ゴール暗殺計画を企てた。これが所謂ジャッカルの日だ。だがこれは失敗に終わった」

「あっ、それは本で読みました。フレデリック・フォーサイスですよね」

「そうだ、結局暗殺は失敗し、アルジェリアは一九六二年についに独立した。だが、独立はしたものの、フランスとの関係は、特に経済面で色濃く残っている」

「真の独立国とは言えないような状況だったのですかねえ。フランスにおんぶにだっこのような」

「その通りだな。ところが独立から十一年後の一九七三年末（昭和四八年）に突然オイルショックが起きたのは君もよく知るところだろう」

「はい、原油価格が一バーレル（一五九リッター）あたり二ＵＳドルから十二ＵＳドルへと跳ね上がったのですね」

「そうだ、オイルマネーは樽からあふれ出たのだ」

「それがアルジェリアにどんな変化をもたらしたのかは午後の部にして、昼飯に行こうか」

「はい、講義ありがとうございました」昼飯と聞いて緊張が解けた井原は嬉しそうに白い歯を見せた。

「ちゃんとしたレストランに行くと時間がかかるし、ローカルの飯屋は衛生上あまり薦められないので、もっぱら我々は近くのベトナム料理店に行くが、いいか？」

「もちろんです」

ベトナム料理店はオフィスから長い階段を上がる途中にあった。丘の中腹に築かれた街だから階段が多い。

ベトナム料理は中華系で日本人にも好まれるようで、客には日本人のビジネスマンらしき人たちが多くいた。大田原が、

「あそこのテーブルは日本大使館関係、こっちのテーブルはA商社だ。だからここでは仕事の話はあまり出来ない」と、そっと井原に耳打ちした。

井原は大田原と同じフォーを注文した。持ってきた店員を見て、井原は驚いた。

「あの店員は日本人みたいですね」と大田原に聞くと、

「ここのオーナーの娘でベトナム人だ。美人だろう。あの娘を狙ってこの店に通っている日本人も何人かいるようだ。だが手を出したらダメだぞ」

「いえいえ、とんでもありません」井原は慌てて手を振った。

昼食を済ませた二人はオフィスの会議室へ戻り、再び大田原の講義が始まった。

「さて、午前中はどこまで話をしたかな」

「オイルショックが勃発したというところまでです、大田原さん」

「ああ、そうだった。現在のアルジェリアのブーメ大統領は、このオイルショックを

機にフランス離れ、アラブ化を強力に推し進めようとしている。例えば言語だ。この国の公用語はフランス語だが、これをアラビア語に変えさせなければならない。これは大変なことだ」

「えっ、フランス語じゃなくなるんですか？　それでは私がここにお礼奉公に来た意味がありません。アラビア語のアの字も出来ません」

「まあ、そう慌てなくてもいい。当分、そうだな、あと十年はフランス語でなければ国民は何も出来ないだろう。国民へのアラビア語教育のために道路標識のフランス語を消してアラビア語に変えた。そうしたらみんな理解出来なくて交通に大混乱が生じた。だから慌ててアラビア語、フランス語を併記にしているところだ」

「そうですか、とりあえず良かったです」井原はホッと胸をなで下ろしながら、

「ところで大田原さん、フランス離れ政策が我々のビジネスにどうかかわってくるのですか？」

「そこだ、大事なところは」

その時、ドアをトントンと叩いて、またお茶くみのサルマおばさんがそっと入ってきて午後の飲み物を聞いた。二人ともカフェオレを頼んだ。

と、ほぼ同時に中庭の方から怒鳴り声が聞こえた。

「あの声は何ですか？」井原が聞くと、

「またフランス人が怒っているんです」とサルマが言った。

「このビルにはアパートもあるので、あれは住民の声だろう。元々はフランス人しか住めなかったんだが、独立後アルジェリア人も住むようになったらしい。だけど彼らは衛生観念が低いから、窓からごみや汚物を捨てたりするから困る。それを時々フランス人が怒るんだ」と大田原があきれ顔で説明した。

「なるほど、思いもよらない問題があるものですね。でもフランス人の衛生観念がそんなに高いとは思いませんが」

「日本人が衛生面で潔癖すぎるのかも知れないな。さてコーヒーも来たし、一服とするか」重要なポイントに入る前のコーヒータイムで、いい気分転換になりそうだ。

大田原はまたマールボロを一本取り出して火をつけた。そしてまた二口だけ喫って灰皿にもみ消した。

あれしか喫わないのならやめればいいのに、と井原は思ったが、もちろん口には出さない。研修生はそんなことを言える身分ではない。

「さて一服したし、続けようか。えーと、どこまで話したかな?」

「ブーメ大統領のフランス離れ政策です」

「ああ、そうだった。ブーメ大統領はフランス離れを強力に推し進めるために、フランスからのあらゆる物資の輸入を禁止する方針を打ち出そうとしているらしい。まだ噂の段階で確証はつかんでいないが、もしそうであるならば我々七洋商事としては大きなビジネスチャンスとなる可能性がある。これを逃してはならない」

「そうですねえ、いろいろやれそうですが、大田原さんとしては先ずどんな商品を考えておられますか?」

「選択肢は多いが、我々のキャパを考えると、やはり商品を絞り込まなければならない。可能性の高いものといえば、例えばタイヤだ。フランスには〈フランソワタイヤ〉という強大なメーカーがあり、このアルジェリア市場をほぼ独占している。これに代わり得るタイヤメーカーを、政府の輸入担当局は大至急物色しているらしい」

「フランスのフランソワタイヤというのは、私も知っていますが、あのメーカーは世界中に生産拠点を持っていると聞いています。だからフランスからの輸入が出来ないのなら、フランス以外から持ってくればいいのではないでしょうか?」

「いい突っこみだ、井原君。その通りなんだがそうはいかない。フランソワタイヤというのはフランスそのものと位置づけられているらしい。そうするとどこから持ってきてもダメとなる」

「なるほど、わかります」井原は納得の表情で頷き、

「フランソワタイヤに代わり得るタイヤメーカーはいろいろありそうですね」と、楽観したように言った。すると大田原の雷が落ちた。

「君は何もわかっていないのにわかったような顔をして言うな。そんな簡単なものではない‼」

井原は驚いて、

「あっ、す、すみませんでした」と慌てて頭を下げ、

「フランソワタイヤに代わり得るタイヤメーカーはどこでしょうか？」と、聞いた。

「サハラ砂漠のど真ん中に石油、天然ガスが埋蔵されている。これがこの国の生命線だというのは前に言った通りだ。その石油や天然ガスの採掘基地への資材はトラックで運搬しなければならない。問題はそこへ行くための道がないということだ。トラックは砂漠の中の道なき道を走らなければならない。タイヤの輸入権を一手に握っているアルジェリア石油公団の担当官によれば、それに使われるタイヤは特殊だそうで、フランソワタイヤしか使えないらしい。その他のタイヤは砂漠のど真ん中で故障してしまう。そうしたらトラックは動きがとれなくなり、ドライバーは危険にさらされてしまうのだ。只、唯一日本の〈ニホンタイヤ〉だけがそれに耐え得るタイヤを持っており、現在石油公団の関係先で性能のテストをしている」

「それは楽しみですね。テストの結果、ニホンタイヤが当市場に受け入れられるとなった場合、我々七洋商事アルジェオフィスの取り扱い商品とさせてもらえるのでしょうか？」井原は意気込んで聞いた。

「それは東京本店マターだ。このオフィスは駐在員事務所だから商売は出来ない。あくまでも本店の出先機関としての機能だ。本店の物資本部とニホンタイヤが話し合いをして決めてもらうことになると思う。でも七洋商事とニホンタイヤの関係は非常に良好だから問題ないのではないかと思う。さてここでコーヒーブレークといくか」

「三時の休憩時間ですね。ところでここの気候ですが、今は七月で真夏ですよね。でもアフリカのわりには過ごしやすい感じがしますが、どうでしょうか？　着任したばかりで感想を言うのは早いですよね」井原はすまなそうに質問したが、大田原はアルジェリア地図から世界地図の方に移動して、

「いや、到着したばかりの新鮮な時に感じることは結構大事だ。この地図を見ればわかるが、アルジェの緯度は日本の北関東ぐらいに位置し、所謂地中海性気候だからわりと過ごしやすい。もちろん南のサハラ砂漠は全く違った気候だが」と説明した。

井原は地図の日本とアルジェリアの位置を見比べて、

「あっ、そうですね。アルジェは丁度日本の真ん中ぐらいの緯度になりますねえ。意外でした。もっと南にあるイメージでした」と驚いた顔をした。

「アトラス山脈以北は気候がいいし、土地も農業に適している。だからアルジェリア総人口の九〇％がこの北部に住んでいるんだ」

大田原はそう説明し、地図から離れて会議テーブル用の椅子に座った。井原も大田

原の対面の椅子に「失礼します」と言って座った。

「そうだ、このすぐ近くのカフェに行ってみよう。独立戦争の時に爆弾が仕掛けられて、多くのフランス人の死傷者が出た場所だ」と、大田原が言うと、

「はい、興味あります。是非」井原は弾んだ声で答えた。

二人はオフィス近くの一軒のカフェへ入った。カフェの中はアルジェリア人らしき男ばかりで、彼らの視線は、じっと外の道行く人に集中している。

「うあぁ、野郎ばっかりですね」

「ここがアルジェの闘いの時に爆破されたカフェだ。今は現地人のたまり場になっているようだが、見ての通り客はほとんど男だな。女がカフェに入るのは珍しいようだ」

喫煙者が多く、煙がもうもうとしている。水煙草パイプを恍惚として喫っている者もちらほら見える。

前の通りには結構人が行き来しており、その中には女性もいる。服装のイスラム的規制は弱いらしく、アバーヤと呼ばれるマントを纏っている女性は少ない。ほとんどが普通の格好だ。若い女性はかなり身体の線を強調した服装で、まるで「見てください」と言わんばかりである。

カフェのテラス席に陣取っている男たちは、通りを女性が通ると、食い入るように見つめながらその姿を追う。異様な光景だ。やはりここはフランスとは違う国だと井

原は痛感した。

カフェオレを飲みながら井原は大田原の方を向いて言った。

「ところで大田原さん、仕事の話に戻りますが、もしこのアルジェオフィスがニホンタイヤを扱えるようになったら、私に担当させていただけませんか？　私は九州福岡の出ですから、ニホンタイヤの創業の地です。だからすごく興味があります」

「そうか、おれに言わせりゃ十年早いが前向きで結構だ。だがこれは所長マターだから、オフィスに戻ってから一応北山所長に相談しよう。今は所長室におられるはずだ」

二人はすぐにオフィスへ戻って、その足で所長室に行った。太田原が、井原への概況説明の経緯を報告し、井原の希望を伝えると北山は口調は柔らかいが文句は言わせないぞ、という姿勢を見せて言い放った。

「それは難しいな。実はちょっと前に東京本店の物資本部から連絡が入り、ニホンタイヤは当オフィスで正式に扱えることになった。『ニホンタイヤは七洋商事にとって最重要顧客の一つだ、しっかりやってくれ』と、はっぱをかけられた。研修生の井原君に主担当をさせるわけにはいきません。これは当オフィスの重要プロジェクトとして、私自身を担当責任者とし、大田原さんを補佐として登録します。井原君は機械メーカーから派遣されている熊田さんのサポートをしっかりやってください」

大田原は「わかりました」とだけ言った。

井原は落胆の気配は見せず「熊田さんのサポートを一生懸命やらせていただきます。また、ニホンタイヤのビジネスの件で、もし私に出来ることがあればいつでもやらせていただきます」と力強く言った。

こうしてニホンタイヤ商品を担いで、七洋商事アルジェオフィスの石油公団アプローチがスタートした。

四、サハラ砂漠用タイヤ

日本のタイヤ及びゴム工業製品の大手メーカーであるニホンタイヤはグローバル化を目指す中で、アフリカ大陸においては市場規模や影響力から見て、南アフリカ、エチオピア、エジプト、ナイジェリア、アルジェリアのマーケットへの参入が必須と見ていた。このうち南アフリカやエチオピア、エジプトには既に橋頭保を築いている。北アフリカの一角にあるアルジェリアは、豊富な石油、天然ガスによって急速に台頭してきた市場であり、ビジネス拡大の可能性は高い。

しかし、ニホンタイヤの強力なライバルであるフランスのフランソワタイヤが現地に強固な地盤を築いており、参入のきっかけがつかめないでいた。

いずれにせよ、いつかはこのフランソワタイヤの地盤を崩さねばならないと判断し、一九七三年より進攻の時期を探るとともに、サハラ砂漠用新製品の開発を進めてきた。

市場に本格的に進出するにあたっては、その地に拠点を持ち、顧客と常時コンタクト出来る体制構築が重要だ。語学能力も必須である。

ニホンタイヤ東京本社海外本部にて検討の結果、自身で現地へ進出するよりも、既に首都アルジェに駐在員事務所を構えている七洋商事を代理店として起用する方が効率的と考え、七洋商事本店にこれを打診していた。

七洋商事にとっては、ニホンタイヤという超優良メーカーの商権が手に入るわけであるから断る理由はない。この申し入れを快諾した。

こうしてニホンタイヤと七洋商事による、アルジェリアへの進攻作戦が開始された

丁度その頃、アルジェリアのブーメ大統領が大きな政策方針を打ち出すらしいとの情報が両社へもたらされた。

〈アルジェリアが真の独立国としてひとり立ちするために、旧宗主国であるフランスとの経済的関係を断ち切る〉という。これが事実ならばかなり思い切った政策である。

ニホンタイヤの方は実務面ではエジプト・カイロ駐在事務所がアルジェリアを担当市場の一つとして組み入れ、営業面を森本利夫《もりもととしお》、技術サービスを加藤清武《かとうきよたけ》が本格的にカバーすることとなった。

技術サービス担当の加藤は熊本県出身で典型的肥後もっこすの二十九歳のエンジニアだ。

彼は一九七五年三月にレバノンのベイルートに赴任したが、レバノン内戦勃発により、エジプトのカイロに転任となった。一九七六年五月から家族と共にカイロに駐在している。

ちなみに〈肥後もっこす〉とは、曲がったことがきらい、一本気、頑固者、などの意味がある。

彼の職務は、市場での顧客のタイヤの使い方を調査し、その使用に適した商品はどうあるべきか、自社の商品品質はそのあるべき姿になっているのか、他社との相対的な位置づけはどうか、次に打つべき手は何か、等々を東京本社と技術開発センターへ報告しアクションにつなげることだ。

カバーしている市場は、東アフリカ、特にスーダン、エチオピア、ソマリア、それに西アフリカのナイジェリア、アイボリー・コースト、ライベリア、そして北アフリカのリビア、モロッコ等であるが、それに今後はアルジェリアが加わることとなる。

カイロを拠点に広大な地域をカバーしているので、出張が多く、妻と二人の幼な子の面倒を見る余裕はほとんどない。

住居はカイロ市内を流れるナイル川の中の島ザマレクにあるアパートだ。

一階部分（日本での二階）がキプロス大使館になっており、銃を持った警備兵が常時見張っている。

出張の多い加藤にとっては、家族を守ってくれているようで、心強く思っている。もちろん実際に何か事が起きた時に、関係ない家族を守ってくれるわけはなく、あくまでも心理的な面だけではあるが。

加藤が出張からカイロへ帰着するフライトは大抵夜中だ。空港へは運転手が社有車で迎えに来ている。

空港から自宅への帰途カイロの古い町中を通る。昼間は車や人があふれ、クラクションや怒声が飛び交い、砂埃が舞い、蠅がまとわりつく雑然とした町だが、さすがに深夜となると人気も少なく静まりかえっている。

町中を抜けてナイル川にかかる橋を渡ると、中の島ザマレクに入る。

途中でオフィスに立ち寄り、たまっている書類と新聞を小脇に抱えて帰宅する。

表に立っている二人のキプロス大使館警備兵に「イザイヤック？」（元気？）と挨拶代わりに言うと、「タマーム、ハンブリラ」（まったくＯＫだよ）と敬礼してくれる。

すぐに穴倉のような管理人室からボアブ（管理人）が出てきて、加藤のスーツケースをひょいと頭に載せて階段を上がる。六十歳ぐらいだと思うが元気だ。

ドアを開けようとキーを差しかけたら、その前にドアが開いた。あらかじめ電話をかけておいたから、妻の秋絵が気配を察して開けたのだ。

「お帰りなさい」

「うん、ただいま。子供たちは？」

「寝てますよ」

荷物をその場に置いて、加藤はすぐに子供部屋の扉をそっと開けた。二段ベッドの上と下にすやすやと寝ている。その寝顔を見ると出張の疲れが吹っ飛ぶ。

くつろぐ間もなく、早速東京本社から来ている書類に目を通すと、〈アルジェリア石油公団向けに投入したテストタイヤの評価を至急実施されたし〉との督促の文書がある。

「スーダンへの出張から帰ってきたばかりだが、すぐにアルジェリアへ行かなければならないな。うーん、もうちょっとゆっくりさせてくれないかなぁ。いや、うちの会社でゆっくりはありえない。明日一番でアルジェリア大使館へビザの申請だ」と独り言をつぶやいた。

アルジェリアのビザは明日申請すれば明後日には取れる。早い！

そんなに急いで発行してくれなくてもいいのに、と加藤は苦笑いをした。

加藤がアルジェへ出張するのは今回が初めてではない。最初のビザ申請時に会社の宣伝品のボールペンとキーホルダーを大使館の担当者にプレゼントした。大した品ではないのに、物不足のエジプトでは大変喜ばれた。

その効果で、重なっているビザ申請書類の中の優先順の早い方に割り込ませてくれる。


加藤はソファーに身を沈めて目をつぶり、前回、一九七六年三月のアルジェリア出張を思い起こしていた。

カイロからアルジェへの航路は、少し遠回りになるがパリ経由が便利だ。パリに一泊して、翌日アルジェへ向かう。

この時はわずか一泊のパリ滞在であったが、少し勉強したフランス語がどのくらい通じるか興味津々であった。

しかし、初めてのパリではやはり言葉が通じない、読めない、聞きとれない、のサンナイづくしで、すこぶる苦い思いをした。

CHAMPS－ELYSEESをシャンゼリゼとは読めなかった。シャンプスエリゼスと読んでしまう。だから通じない。

それでも少ない時間の中で出来るだけパリの中を歩こうとした。

まだ枝がむき出しで寒々としたマロニエ並木のシャンゼリゼ通りを、凱旋門からコンコルド広場方面へ下り、右折してジョルジュ・サンク通りへ入った。

これを直進すればセーヌ川へぶつかる。

と、そこで道路の端に停まっている一台の乗用車が加藤の目に留まった。どうやら女性がタイヤを交換しようとしているらしい。しかし、方法がわからないようで、タイヤを見つめたまま途方にくれている様子だった。

時刻は冬時間の夕方五時だ。あたりはもうすっかり夜の帳が下りているが、タイヤ技術者の加藤としては暗いからといって見過ごすわけにはいかない。

車は小型のルノー5《サンク》のようだから、大型車より扱いやすい。

加藤は近づき、つたないフランス語で、

「ジュプ　シャンジェー　ボトルプニュ」（私があなたのタイヤを交換出来ます）と言って、彼女が手に持っている菱形のジャッキを取り上げた。

彼女は車の中から懐中電灯を取り出し、パンクしている左後輪のあたりを照らした。

加藤はジャッキをそこにセットし、ハンドルをくるくると回した。左後輪が上がる。完全に浮いてしまわない所で止め、レンチでそのパンクしたタイヤのハブナットをゆるめる。そしてまたジャッキを回し、左後輪を完全に浮かせ、ハブナットをすべて外し、パンクしたタイヤを取り外した。そこにスペアタイヤを装着しナットを軽く締め、ジャッキをたたんでタイヤを完全に接地させた。再びレンチでハブナットをしっかりと増し締めして、ジャッキを車の下から取り出し、故障したタイヤとレンチと共にトランクの中に収めた。ものの五分とかからなかった。

「一丁上がり」と加藤は手をパンパンとはたいて、暗がりの中で彼女の顔を見た。暗かったから美人に見えたが、フランス人というよりアラブ系のように感じた。

お礼に食事でも、と言わないかな。そしたら断る理由はない。たった一泊のパリの夜をこの女と共に過ごすのも悪くない。食事のあとはどうするか、と加藤はあれこれと一瞬考えた。その時、

「メルシーボクー、ムッシュ、オルボワール」（どうもありがとう、お兄さん、バイバイ）と言って彼女は車に乗ってセーヌ川方面へさっさと去ってしまった。

「ジュヴザンプリ」（どういたしまして）と言って、呆然と車を見送った。

あれ、行ってしもうた。惜しいことをしたな。ま、パリで一善を施したからいいとするか……と、彼は複雑な気持ちでセーヌ川方面へと歩いた。

翌朝、加藤はパリ南のオルリー空港から、エールフランス機でアルジェへ向かった。二時間のフライトだ。

着陸地のアルジェ国際空港へは、七洋商事アルジェ事務所の大田原所長代理が運転手と共に迎えに来ていた。

車はシトロエンＤＳで、大田原は加藤に後部座席を勧め、自分も加藤の横に座った。

アルジェ空港からダウンタウンへ向かう時、白い街並みが春の日差しに輝いていたが、加藤にはその眺めを堪能する余裕はなかった。先に投入しているテストタイヤが故障なく走っているかどうか、それよりもテストタイヤそのものが見れるかどうか、が気がかりとなっていた。

車中で大田原は、

「時間を有効に使うために、ここでアルジェリアの概況をご説明したいと思います」

と言って、Ａ４の用紙にまとめられたメモを加藤に渡し、それをベースに説明を始めた。

アルジェリアの国土面積は日本の六・四倍あるが、北部アトラス山脈以北の緑地帯を除き､国土の大部分が砂漠地帯になっている。人口は約千七百万人で､その内九〇％が北部の緑地帯に住んでいる。北部は地中海に面しているために比較的温暖な地中海性気候だが、アトラス山脈を越えて南に行くに従って冬と夏、朝と夜の気温差が激しく降雨量の極端に少ない砂漠気候となる｡原住民はベルベル人であるが､古代からローマ帝国、サラセン帝国（アラブ）、オスマン帝国そしてフランスと、大国から支配され続けてきた歴史がある。壮絶なアルジェの戦いによって、一九六二年にフランスから独立し、独立後は、社会主義化、イスラム化を急速に進めている。

簡潔明解な大田原の説明で、加藤はこの国がたどってきた過酷な過去を知り、この国のこれからの発展に少しでも貢献したいとあらためて気を引き締めた。

「当面我々がこの国に貢献出来ることはサハラ砂漠を走れるタイヤを開発することです。リビアの砂漠でテストをやって問題点はほぼ出尽くしました。その改良スペックのテストタイヤをこのアルジェリアに既に投入しています。その評価を急がなければならないのです」と、大田原に言って、

「そのテストタイヤの調査に、今回滞在中に行きたいのですが、可能でしょうか？」

と聞いた。

「テストタイヤはサハラ砂漠の中の石油基地に行かなければ見れません。石油公団に話してあり、早速現地訪問いただくことになっています」と大田原は言った。

加藤の胸が高鳴った。

七洋商事アルジェ駐在員事務所で加藤は北山所長に挨拶をすると、北山は、

「ご苦労様です。加藤さんには明日、アルジェから南へ千キロのハッシメサウドというサハラ砂漠の中の石油基地へ移動していただきます。石油公団専用のチャーター便で飛びますが、その便には一席しか空きがなかったので、今回は加藤さんだけでお願いします。航空運賃は公団職員はほとんどタダ同然のようですが、部外者は有料となりますのでご了解ください」と加藤に告げた。

「ありがとうございます。航空運賃はもちろん当社持ちとさせていただきます」と加

藤が頭を下げると、

「ハッシメサウドに近いオアルグラ空港に着いたら、石油公団の技術者がお迎えに伺うことになっています。ところで失礼ですがフランス語はどうですか?」と、大田原がすまなそうに首をすくめて聞いた。

「カイロで個人教授に日常会話を付け焼刃的に習っていますので、ほんの片言は出来ると思います。只、私の仕事は人間とではなくタイヤと会話をすることですから、フランス語はそんなに必要ないと思います」

そう言いながら、まだ正式に七洋商事を代理店として決めているわけではないから、密着アテンドが出来ないのは当然だな、と加藤は思った。

確かにこの時点ではニホンタイヤのアルジェリアにおける代理店はまだ確定していなかった。

「なるほど、宜しくお願いします」大田原が再び申し訳なさそうに首をすくめた。

その晩はオフィスの隣にある小さな一つ星のホテルに泊まり、翌早朝、運転手のシャドリが迎えに来て、アルジェ空港へ向かった。

春は砂嵐の季節だそうで加藤は揺れやトラブルを心配したが、アルジェから南へ一千キロ、一時間半のフライトは順調だった。

オアルグラ空港への着陸時に窓から外を見ると、エンジンの逆噴射ですさまじい砂埃が舞い上がった。それは歓迎の砂の舞のように思えた。

石油公団の技術者であるハリールという人物が迎えに来て、空港から四輪駆動レンジクルーザーでハッシメサウドという石油基地のある場所へ向かった。

予想通り三六〇度砂の世界だ。

砂のうねりが続く。非常に細かくてふわふわの砂のソフトサンドエリアでは四駆のレンジクルーザーでもタイヤが埋まって難儀な走行となる。

やはりタイヤには相当厳しい条件であることを加藤は実感させられ、レンジクルーザーよりはるかに大きい大型トラック用のタイヤがこの砂の上をスムースに走れるかどうか、心配がつのった。

ハリール氏が車を降りてタイヤの空気圧を下げた。タイヤがパンクしたようにぺしゃんこになり、接地面積が広がった。これでタイヤは砂に潜らず、砂の上に浮いたような状態になり、車は前に進むことが出来た。

砂のうねりの向こうに見えていた一筋の煙が、二筋、三筋と増えて、その根元に赤い炎が砂から吹き出ている。いよいよ油田に来た。

この基地近くに、整備された広大なトラックのターミナルがあり、二十台ほどのトラックが駐車していた。すべてメルセデスの三軸十輪、６×６（全輪駆動）の２６２４モデルで、積載時重量二十六トン、二百四十馬力の大型トラックである。

タイヤは14・00R20が十本装着されている。14・00は呼びタイヤ幅十四インチ（三五五ミリメートル）、20はホイールの直径二十インチ（五〇八ミリメートル）の意味だ。

装着されているタイヤブランドは一目見れば加藤にはわかった。レンジクルーザーに装着されていたフランソワタイヤのサハラXの大型版だ。やはりフランソワタイヤでないと走行は無理なのか。

注意深く観察すると、ほとんどのタイヤのビード部（ホイールとタイヤが嵌合する部分）に、リビアで見たのと同じような亀裂が入っているのが確認された。砂漠でのタイヤの使われ方の厳しさを、その亀裂の一つ一つが語ってくれている。

加藤は一本一本の摩耗の状態とビード部の亀裂の長さをチェックした。そしてタイヤの故障部分を指さしながら、片言のフランス語でハリール氏と必死に会話した。

「こんなに故障しているのに何故フランソワタイヤだけを使うのですか？」

「フランソワ以外は故障がすぐに成長して完全にパンクしてしまう。フランソワは故障してもその傷の成長が遅く、ほとんど最後まで走れる」

なるほどそういうことか、と加藤はすぐに理解した。

同じメルセデス26２４の二台に装着されているニホンタイヤのテスト品をチェックした。しかし二台ともまだ二千キロメートルぐらいしか走行しておらず、特に異常は見られなかった。

「ソフトサンドでの走行性はどうですか？」と加藤が聞くと、

「今のところ問題ない。ソフトサンドでも空気圧を下げたら砂に潜らずに走行出来た」

加藤はとりあえずホッと胸をなでおろしながら、続けて聞いた。

「耐久性の評価はどうですか？」

「二万キロメートル走らないと評価出来ない」

ずい分先の話だな、と加藤はがっかりしながら、タイヤの頭をなでて、

「また来るよ。それまで頑張って走ってくれよ」と語りかけた。

彼はその日の夜のチャーター便でアルジェへ戻った。


翌日七洋商事アルジェオフィスを訪問し、北山所長と大田原所長代理にテストタイヤの現状と共に、フランソワタイヤ・サハラXの実態も報告した。

テストタイヤの砂上走行性能が受け入れられていることは朗報だが、一方、耐久性評価にはまだまだ時間がかかりそうとのことで、二人とも落胆の色を隠さなかった。

北山は、

「夏ごろには石油公団よりタイヤの国際入札が発表されそうです。それまでにテスト

結果が出るといいですね」と柔和な顔で言った。

加藤は申し訳なさそうに、

「私も早く結果が知りたいのですが、今のところ結果がある程度わかるのは早くて秋ぐらいになりそうです。リビアの砂漠でもこの新スペックのテストをしていますので、この結果の方が早く出ると思います。それを石油公団に報告する手もあるかも知れません」と答えながら、遠い砂漠の中で走っている自社タイヤの無事を祈った。親が旅立った子供の無事を祈るのと同じような心境か。

こうして加藤にとっての初のアルジェリア訪問を終えた。

アルジェ空港を離陸後上昇を続けていた機が水平飛行に移り、シートベルト着用のサインが消える。

加藤はシートをほんの少し後ろに倒し、くつろいで窓の外を見た。満天の星が輝いている。イヤホンを耳にさせば、曲名は知らないが懐かしいエレキのサウンドが流れてきた。

あの星は日本からも見えているはずだ。そういえば、あの時のバンドの仲間はどうしているだろうか？　と、入社間もない頃のことがふと思い出された。

五、さすらいのギター

加藤清武は一九六五年に工業高校を卒業し、運良く学校からの推薦を得てニホンタイヤ株式会社へ入社した。初任給は一万六千八百円だったと彼は記憶している。配属された職場は東京都下にある技術開発センターのタイヤ実験部という部署であった。

食堂や大浴場完備の独身寮が職場に隣接して建っており、加藤はそこに入寮した。独身寮は二人部屋であった。同室者は同期入社の茨城出身の石岡稔《いしおかみのる》で、彼は材料部所属である。

熊本出身の加藤と茨城出身の石岡とでは、言葉も違うし、育った環境も異なる。しかし、理解し合おう、助け合おう、我慢し合おうという気持ちがお互いに少しあったから、二人の関係はうまくいった。

六ヶ月間我慢すれば個室に移れるというルールがあったので、その点でも精神的にはコンフォタブルであった。

しかし同部屋でありながら話もしないという関係の方が多かったので、石岡、加藤の関係はラッキーだったのかも知れない。

石岡はギターがうまく、夜はいつもクラシックギターを奏でていた。それを聞くのも加藤の楽しみの一つであった。

石岡の得意の曲は『アルハンブラの想い出』『悲しみの礼拝堂』等であり、それらの哀愁を帯びたメロディーは、加藤をはるか遠い彼方の未知の世界へ誘ってくれるかのようだった。

そんなある日、石岡が加藤に、

「おい、エレキバンドを作らないか」と誘った。

ベンチャーズが大人気で、それを模したアマチュアのバンドが、あちこちに誕生していた。

加藤も石岡ほどではないが、ギターの心得は少しはあったので二つ返事でOKした。

それから意外に時間はかからず、メンバーを四人揃えることが出来た。リードギター石岡稔、サイドギター近松《ちかまつ》和人《かずと》、ドラムス高山《たかやま》徹《とおる》、ベース加藤清武という同期ばかりの布陣が整った。

バンド名は〈ザ・ルーズボーイズ〉とした。いいかげんな野郎たちという意味だが、そんなにいいかげんな面々ではない。道具は会社内のスーパーマーケットで月賦で購入した。

四人揃っての練習は寮ではうるさくて出来ない。それぞれ部屋で静かに練習して、時々すぐ近くにある会社の講堂で揃って音を立てて合わせる形をとった。

女性社員の佐野《さの》エリカが、ボーカルとして勝手に練習に参加するようになった。

その内寮生たちが練習を聞きに来たり、曲に合わせて踊ったりする者も出てきた。

バンドが出来たことはすぐに会社に知れ渡ったが、意外に「やめろ」という圧力はかからず、逆に労働組合からクリスマスパーティーで演奏してほしいという申し入れがあり、受けることにしたので練習には益々熱が入った。

そして一九六五年十二月のニホンタイヤ技術開発センター労働組合主催のクリスマスパーティーが開催されたのである。

マルハナ蜂のブーンという音をイメージして作曲されたという『バンブルビーツイスト』が、広い講堂に響き渡り、ザ・ルーズボーイズの演奏が始まった。

リードギターの石岡稔の高い周波数で上下にはじくピックが、バンブルビーの羽音を繊細に表現している。

講堂を埋めた男女社員たちはノリノリで身体を小刻みに震わせる。主催は労働組合だから、参加者は組合員であるが管理職の顔もちらほら見える。当方は来る人拒まずの姿勢だ。

実は、バンドメンバーにとっては残念ながらこれが最初で最後のステージであり、年が明ければグループは解散してそれぞれの道を進むことになっている。メンバーの転勤が理由だが、会社員である以上、転勤は避けられないし、新入社員の分際で断ることなど出来るわけがない。

グループのレパートリーは三十曲ほどあるが、このパーティーではその中の数曲を演奏することになっている。

『バンブルビーツイスト』によるオープニングの後、『ルシア』が続く。

司会役の三嶋啓輔《みしまけいすけ》が次の曲を紹介し場の盛り上げを演出する。

『ワイプアウト』に移るとドラムスの高山がおれの出番だとばかりに、気持ちをドラムにぶつけ思い切り叩き続ける。石岡、近松、加藤の三人は高山の引き立て役に徹する。

そして、テケテケテケテケテケの三連弾『パイプライン』『ダイアモンドヘッド』『十番街の殺人』で宴は佳境を迎え、皆踊り狂っている。

司会の三嶋が気合の入ったひときわ大きな声で次の曲を紹介した。

「次は大ヒット曲アニマルズの『The House of the Rising Sun　朝日のあたる家』でーす。ど、どうぞ！」

みんなから「おーっ！」と歓声が上がった。

分散コードのイントロが始まると、上手から一人の女性が登壇したのだ。

再び三嶋が紹介する。

「庶務課所属の佐野エリカが歌います。大きな拍手を！」

一斉に拍手が沸き上がると同時に彼女の甲高い声が講堂中に響き渡り、歌の中の少年の願いがエリカの声を通して切なく伝わる。

彼女は続けて『Don't Let Me Be Misunderstood　悲しき願い』を歌いあげた。拍手の嵐が巻き起こった。

エンディングは『津軽じょんから節』。石岡の津軽三味線を模した音と共に、三嶋が、

「あまり言いたくないのですが、実はこのザ・ルーズボーイズは今夜をもって解散します。メンバーに転勤者がでたので仕方がありません。今夜は我々の最初で最後の演奏を聴いてもらってありがとう。さよなら」

「やめるな、もっとやれ、転勤拒否しろ」と勝手な声と共に「アンコール、アンコール」との声が囂々《ごうごう》と沸き上がった。

アンコール曲としては加藤が最も好む『さすらいのギター』をしっとりと演奏して、皆が酔いしれて揺られるうちに、ついに幕が下りた。

最後に労働組合の支部長が締めとして、

「このクリスマスパーティーを大いにエンジョイされたことと思います。ニホンタイヤという会社は仕事に対しては非常に、というか異常に厳しいです。上司の命令は絶対であり、時には理不尽な要求にも従わなければなりません。それで精神的に追い詰められるケースもあります。会社はそのプレッシャーから我々を解放するために、折りにふれ職場対抗スポーツ大会や文化イベントを開催しています。我々労働組合も今回のクリスマスパーティーだけではなく、スキーツアー、芸能祭などを企画実行し、組合員の気分転換を図るように努力していますから、積極的に参加してください。今年もあと数日を残すのみとなりましたが、最後のひと頑張りをお願いします」と挨拶をした。

バンドメンバーの中で、ドラムスの高山は栃木の工場に、司会の三嶋は山口の工場に、それぞれ年明け早々に転勤が決まっている。

栃木工場はトラックタイヤの、そして山口工場は鉱山用タイヤの主力工場である。

加藤は大学の理工学部夜間部を受験するために勉強を続けてきたが、入学試験へ向けた最後の準備に集中しなければならない。

石岡と近松は会社を辞めて音楽の道を本格的に目指すかどうか悩んでいるらしい。佐野エリカは庶務課に残るが、いずれはご多分にもれず寿退社となるのだろう。

ザ・ルーズボーイズメンバーとその関係者はクリスマスパーティーが終わって静まりかえった講堂で後片づけをやり、その後駅近くの居酒屋で打ち上げ兼解散会を行った。そしてそれぞれの道を歩み出した。

加藤が乗ったエール・アルジェリー機は順調に飛行を続け、カイロ空港への着陸態勢に入った。

あのクリスマスパーティーから十一年が経過している。日本からの便りによれば、高山は栃木の工場で、三嶋は山口の工場で元気にやっている。

加藤の所属する海外部門が、外国人関係者を日本に招待して工場を見学させる時に、彼らが積極的に工場案内を買って出てくれているようでありがたいことだ。

会社を辞めてプロの音楽家を目指すかも知れないと言っていた石岡と近松は、結局それをあきらめて元の職場に残っている。

加藤はこの二人が会社を辞めなかったと聞いた時、正直ホッとしたのを覚えている。

一方、佐野エリカはあのパーティーの三年後に、寿退社ということではなく会社を去ったそうだ。もしかしたらバンドメンバーの中に思いを寄せた男がいたのかも知れない。だがみんな鈍感だからわからなかった。彼女のその後の消息は誰も知らない。どこかで幸せに暮らしていればいいのだが。

六、タイヤの不思議

バンド活動は楽しい思い出として心に残っているが、これはあくまでも終業後の趣味の領域である。

加藤自身の技術開発センター勤務での本来の業務はタイヤの性能を室内試験機を使って測定することであった。

ここで、学卒で入社は二年先輩の田島作治《たじまさくじ》からタイヤについてのとても重要なポイントとなる基礎をいくつか教わった。年齢では彼は加藤より六つか七つ上ということになる。

彼の教えはものごとの本質をついたものであり、タイヤのみならずもっと普遍的であるように思えた。だから加藤はそれを生涯の座右の銘のように大事にし続けた。

「加藤君、タイヤというのは不思議な力を持っている。知りたいか?」

「はい田島さん、知りたいです。教えてください」

「では三つ言う、いいか」と田島が言うと加藤は身構えた。

「車が真っ直ぐに走っている時に、タイヤからは横向きの力は出ないんだよ。だから車はふらふらせずに真っ直ぐに走れるんだ。もちろん厳密に言えば、微妙に横向きの力は発生するのだが、それは今は考えなくて良い」

「はぁ⁇」

「ところが、運転手が少しでも右か左にハンドルを切れば、直ちにタイヤに横向きの力が発生するのだ。だから車は曲がることが出来る。これがタイヤの不思議、その一だよ」

「なるほど、その一ですね。その二は何でしょうか？」

「道路に石が転がっていたとする。その石をタイヤが踏めばどうなる？」

「ポンと飛び上がります」

「飛んだあとどうなる」

「ポンポンと跳ねますが、少しずつ収斂して跳ねがなくなると思います」

「確かに弾性体ならそうなる。しかしタイヤはそうはならない。タイヤは弾性体ではなく粘弾性体なんだよ。だから跳ねずに石を包み込むんだ。エンベロープ性能というが、これもタイヤの大事な特性だ」と、田島は心持ち得意げに加藤に説明する。

「わお！　面白いですねえ。ではその三も教えてください」

「タイヤには空気が入っているということだよ。タイヤは圧力容器なんだ」

「??」また謎っぽい話になってきた、と加藤は更に身を固くした。

「空気の圧力、空気圧と言うが、これが車の〈重量を支える〉と同時に、今言った〈曲がる〉〈ショックを吸収する〉そしてもちろん〈駆動力制動力を路面に伝える〉という基本機能をつかさどっている源が空気圧なんだ。その空気圧を保持し、有効に活用するために、タイヤの骨格が、繊維やスチールコードを複雑に配置することによって形成されているんだよ」

「はあー、なるほど。そうすると空気圧が主役でタイヤはそのサポート役ということですか?」

「そういうことだな。ちなみに路面はいつも舗装されているとは限らない。泥濘地もあれば砂漠のような砂地もある。そこで通常の空気圧にすれば、タイヤは前に進む力ではなく、掘る力を発揮する場合があるから気をつけなければならない。そういう場合は空気を抜いてタイヤをぺしゃんこにすることで接地面積を広げ、タイヤが潜り込まないようにして走る方法もある」

「なるほど、浮力をつけるということですか。面白いですね」

加藤にとって田島の話は、どんどん未知の謎の世界へ入り込んでいく感覚だった。

「但し空気圧を極端に落とせばタイヤにかかるストレスが大きくなって故障してし

まうことがあるので、そうならないようなタイヤの構造や材料が必要となる。つまりタイヤの中の空気をより適正に有効に活用するために、タイヤの大きさや構造、材料が常に研究され開発されているということだ」

「はあ？　タイヤ技術って難しいですね」

「基本を知ることが先ず必要だ。そしていろいろなタイヤと会話をすることだね、ワッハッハ」と田島は初めて豪快に笑った。

入社してすぐのこの時の田島との会話は、その後の職務遂行上の基本の一つとなっている。

もっと勉強が必要だな。大学へ行ってもう一度技術知識の基本を身につけたい。と加藤が大学へ行くことを意識したのもこの時である。

そして入社して一年後の一九六六年四月から、加藤はN大学の理工学部機械工学科の夜間部に通った。

働きながら学びたいと思っている者は多い。しかし大学の理工系で夜間部を開いているところは少なく、しかも都下の小平から通える所となるとかなり限られる。N大学理工学部はその少ない選択肢の中の貴重な一つであった。

通学中に学園紛争があったり、仕事の方が忙しくなったり、紆余曲折があった。この間まともに寝た覚えがない。授業が終わって午後十一時頃にオフィスに戻り、やり残した仕事をやったこともしばしばだったが、一九七〇年になんとか卒業にこぎつけた。

加藤はこれをやり遂げた時に思ったことがある。

これからどんな苦難にあおうと絶対にやっていける。

七、砂漠への一本道

加藤にとっての二度目のアルジェ訪問は、一回目から五ヶ月が過ぎた一九七六年八月であった。

前回はカイロからパリ経由で入国したが、いつもそうはいかない。東京本社経理部から

『パリ経由でないとアルジェには行けないのか？　かなり遠回りのようだが』とチェックが入る。

パリ経由より近道で、航空運賃も安いローマ経由もあるが、今回はカイロからアルジェへのエール・アルジェリー直行便での入国とした。少し怖いが、これなら最短最安値なので文句を言われる筋合いはない。

アルジェ空港には七洋商事アルジェオフィスの井原大輔が、運転手のシャドリと共に迎えに来ていた。

加藤と井原は初対面である。

「わざわざのお迎えありがとうございます。ニホンタイヤの加藤清武と申します。宜しくお願いします」と、加藤が挨拶をすると、

「加藤さんのことは大田原から聞いて存じ上げております。初めまして。私は井原大輔と申します。七洋商事のフランス語研修生として一年間フランスで勉強をしまして、先月からお礼奉公でアルジェに来ております。ですからアルジェリアのことはまだよくわかりません。もちろんタイヤのこともわかりませんのでいろいろ教えていただきたいです。宜しくお願いいたします」と井原も丁寧に挨拶をした。

シトロエンＤＳで空港から向かいながら見るアルジェの街が、真夏の太陽に真っ白く輝いている。

加藤がその景色に見とれて目を細めていると、井原が一通のテレックスをさしだし、

「御社の東京本社から加藤さん宛に今日来たテレックスです」と渡した。

それを読むと、細めていた加藤の目が少し怒ったように大きく開いた。

〈アルジェリアノニュウサツガセマッテイル　テストタイヤノヒョウカヲイソグコンカイノチョウサデケツロンヲダサレタイ　カイガイブチョウ〉

「結論を出せと言われても、走り込んでいなければ無理だ」

加藤は独り言を言いながら、

「井原さん、ハッシメサウドのテストタイヤが現在何キロぐらい走行しているかわかりますか?」と聞いた。

「それを石油公団に問い合わせているのですが、返事がないのです」と、すまなそうに言った。

「現地へ行ってみないとわからないでしょうね。出来るだけ早くハッシメサウドへ行きたいのですが、調整していただけますか」

「実はそのつもりで、この車で明日現地へ向けて出発することで準備しています」

「この高級車で行けるんですか。ありがたいですね」

「はい、それで私が勉強がてら同行させていただくことで北山所長に指示されています。何でもお手伝いさせていただきます」

「それは心強いです。車で行くとなると長旅になりますが、ホテルはどうなりますか?」

「明日の夜はハッシメサウドに近いオアルグラのホテルに泊まりますが、その後は現地の石油公団の宿舎に泊まることになります」

井原が答えたところで、シトロエンDSはアルジェの街の雑踏の中を通り、オフィスの駐車場へすべり込んだ。

七洋商事のアルジェオフィスで挨拶のために所長室へ入ると、北山所長が満面の笑みで出迎えた。

「加藤さん、ご苦労様です。いよいよ石油公団のタイヤ入札が近日中に発表されるようです。ニホンタイヤさんは砂漠用新商品を武器に、非常に良いポジションにあります。是非マジョリティーシェアを取りましょう。その意味で今回の品質評価は極めて重要です。研修生の井原にアテンドさせますので、どうぞよしなに使ってください。宜しくお願いいたします」

「テストタイヤが問題なく二万キロメートル走行すれば合格と言われています。現状がどうなっているのか現地に行ってみないとわかりませんが、リビアでの同じスペックでのテスト結果は良好ですので期待しています。只、使用条件が違いますので、まだ何とも言えません」加藤はそう答えるしかなかった。

その夜はアルジェの高台の町エルビアールにある七洋商事の独身寮に泊まることになった。

「すみませんねえ、まともなホテルがどこも満杯なものですから」井原が本当にすまなそうに謝った。

「私は構いませんよ、慣れています。オイルショックで産油国には世界中から人が殺到していてホテル事情はどこもタイトです。だから私はいろんなところに泊っています。寝る場所さえあれば結構です」

「大丈夫です。一部屋空いています」

「お世話になります」

オフィスの近くで簡単な食事を済ませて寮に行った。ビールを飲んでいると機械担当の清川が帰ってきた。彼は家族を東京に置いての単身赴任である。加藤は前回のアルジェオフィス訪問時に清川には会っている。

「もう一人ここの住人がいますが、彼は帰りが遅いでしょう」と、井原が言うと、清川が、

「熊田さんという機械メーカーからの派遣者がいます。日本から到着した工作機械の設置を担当しています。フルターン・キー・コントラクトですから、機械を設置して、稼働出来る状態まで当方で完了する必要があるのです。熊田さんはそれを担当されてます」と説明した。

「ああ、それで忙しくて遅いんですか、大変ですね」

するとと清川と井原がケタケタと笑った。

「いやいやそうじゃないんです。彼はカスバの中の女がはべる飲み屋に通っているようです。気に入った女がいるらしいんです。彼はぶ男なんでもてるわけはないんですが、本人はどうもそう思っていないらしいです。あんな危ない所へは行かない方がいいですよ、と言ってはいるんですが……」笑っていた清川の顔が少し曇った。

歓談の後、加藤があてがわれた部屋のベッドに横になって寝ようとしているところに、熊田が帰宅した様子が窺えた。

翌朝六時に運転手のシャドリがシトロエンDSと共に迎えに来た。

アトラス山脈を越えて南へ一千キロメートルの行程を、一路ハッシメサウドへと向かう。

杉林の中を走っていると、とても砂漠の国とは思えない。しかし日本の六・四倍の国土面積のほとんどが砂漠の国であるから、緑の中にいられるのは束の間だ。否応なしに砂の世界へと誘われていく。

「この辺はまだまだ緑豊かですね」と加藤が言うと、井原が、

「アトラス山脈の北側はアルジェリアの穀倉地帯です。そういえば私はまだ経験していないんですが、秋になるとこのあたりではマツタケ狩りが楽しめるそうです。次回はその時期に来られたらいいと思いますが、どうでしょうか」と、提案した。

「是非そうしたいですね。何かそういう楽しみがないと海外の僻地勤務はやってられないですよね」

「そうしましょう。次回はマツタケ狩りとマツタケ料理でパーティーといきましょう。ところで加藤さんは何年生まれですか?」

「私は昭和二二年一月熊本の生まれで二十九歳になります」

「えっ、そうですか、私は昭和二一年十月に福岡の生まれですから、お互いに団塊の世代の第一期生で同学年、しかも同じ九州ですね。では加藤さんは一九六九年入社ですか？　私は出来が悪くて一浪しましたから一九七〇年入社ですが」と、井原は頭を掻いた。

「いいえ、私は一九六五年の高卒入社です。ニホンタイヤに入社後大学の夜間部に通って一九七〇年に卒業しました」

「働きながら学ばれたわけですか、すごい努力家ですね、加藤さんは」井原が感心したようにつぶやきながら、

「それでは私たちは同年代のよしみもあり、二人の時は友達として敬語抜きで、九州弁ＯＫでざっくばらんに話をしませんか。もちろんオフィシャルで会社対会社の時はそうはいきませんが」と、再び提案した。

「そうですね、よしこれからそれでいくばい」と二人は握手をした。

話をしている間にも車はアトラス山脈を越え、南へ真っ直ぐな片側一車線の舗装された国道を走り続けている。

シャドリはハンドルをしっかりと握りしめ、前を向いて運転に集中している。

速度はコンスタントに時速百二〇キロぐらいは出ている。

周りの景色は林から丈の低い散木へ、そして両脇がほとんど薄茶色の砂の世界へと

変化していく。

砂の中にくっきりと黒いアスファルトの道路が地平線の彼方まで真っ直ぐに延びている。対向車にはめったに会わないので、シャドリはセンターラインを跨いで道幅を一杯に使って走り続ける。

まれに対向車が来ても、走行車線側に戻るだけでスピードを緩めることはない。道幅が対向車とすれ違うにはぎりぎりなので、実際にすれ違う時は風の音がビュンと鳴り、風圧で車がぐらりと揺れる。

対向車がトラックになると、さすがに少し右側に寄る。するとすぐに砂利が敷いてある路肩に右側のタイヤが落ちて、ザーッと音を立てる。

出発から五時間が経過した。

「まだまだ先は長かばい。シャドリはずっと運転し続けとるばってんが大丈夫か?」

と加藤が心配そうに言うと、井原がシャドリに、

「パーキングもないようだから、その辺の路肩に停めてトイレ休憩にしようか」と言った。シャドリは待ってましたとばかりに、すぐに路肩に寄って車を停めた。

西のモロッコ方向の砂漠に向かって三人並んでツレションだ。

太陽が高い所から強烈な光線を放っている。もうすぐ昼だ。車中にいてはエアコンが効いているので気がつかなかったが、太陽の下にいると熱い空気が身体を着衣ごと

焦がす。じっとしていても暑さで体力を消耗する。

何本も持ってきたミネラルウォーターを一本開けて手洗いに使い、シャドリ持参のジャスミンティーを頂く。甘い。

「この甘さが疲れを吹っ飛ばしてくれる気がするたい」と、井原が言いながら、

「シャドリ　オニヴァ（行こう）」と促した。

「ウイ　ムッシュ　イアラ」とシャドリが応えた。「イハラだよ」と井原が独り言のようにつぶやいた。

アスファルトと砂しかない超単調な景色の中を、しばらく走っていると左側に集落が見えてきた。周りの砂に同化するような薄茶色の建物が集まっている。

井原が持ってきた地図を見ながら聞いた。

「シャドリ、あの村は何？」

「ガルダイヤです」

「ああ、なるほど、ここにあるな。アルジェから六百キロぐらい来たことになるばい」

と、井原が地図を指さしながら加藤に言った。

「オアルグラまであと四百キロぐらいあるとたい。シャドリはまだ大丈夫だろか？」

加藤が心配そうに聞くと、井原は、

「彼は何時間でも運転でくっとらしか」と答えた。

やがて西の砂漠の彼方へ陽が落ち、あたりは闇に包まれてきた。

更に南へ南へと向かう車のヘッドライトが真っ直ぐなアスファルトと両脇の路肩を照らし出している。井原も加藤もすっかり寝てしまった。シャドリだけが前のめりにハンドルをしっかりと握り、路面を見つめている。

出発から十五時間経った夜の九時ごろ、ようやくオアシスの町オアルグラの灯りがぽつぽつと見えてきた。

ここから先に道はない。

「今夜はここでホテルに泊まり、明朝石油基地の人が我々を迎えに来らすたい。シャドリは明日我々と別れて、アルジェへ戻る」と、井原が言うと、

「またあの長距離を運転すっとか、ご苦労なこったい」と加藤がシャドリの肩をポンと叩いた。

八、　砂漠の映画館

井原と加藤は翌朝迎えに来た石油公団のエンジニアであるハリール氏と共に現場へ向かった。この御仁は前回加藤がハッシメサウドを訪問時に案内してくれたのと同一人物であり、車も同じレンジクルーザーだった。

オアルグラを出るとすぐに広大な砂漠となるが、ほぼ平坦で、砂も固く、走行に支障はない。

しかし三十分ほど走ると砂が波のようにうねってきた。車はうねりに翻弄されて上下左右に大きく小さく揺れ続ける。

助手席に座った加藤は前のグリップを、後部座席の井原は窓上のグリップと前の座席の背もたれの上を必死に捉まえて振られないようにする。

四輪駆動のレンジクルーザーはうねりながらも力強く前進する。これでも砂質はまだ固いのか、タイヤは砂の上に乗って推進力を発揮している。

三六〇度見渡しても砂以外は見えない。地平線が波の低い所は遠く、波の高い所は近くに見えるが、時折突風が吹くと、砂が流れ、波形が変化する。

運転しながらハリールが言った。

「私もそうだが、現場の従業員はここで二週間働き一週間休みのサイクルで働いている。休みには家族のもとへ帰る。ずっとその繰り返しだ。だから君たち二人はその休暇で空いた部屋に泊まってもらう。休暇中の従業員の部屋だから荷物が置いてあるが、それには触れないでほしい」と井原が通訳した。

「わかりました。お世話になります。ところでハリールさん、あなたのご家族はどちらですか?」と井原が聞いた。

「私の場合は地中海沿岸のオランに家があり家族がいるので、いつもそちらに帰る」

「ここからオランへの往復はどうされるんですか?」

「アルジェと東のコンスタンチン、西のオランがアルジェリアの三大都市だが、これらの都市へは毎日石油公団のチャーター便が出ている。フランスのマルセイユやチュニジアのチュニス、モロッコのカサブランカから往復している従業員もいる」

井原とハリールのやりとりを聞いて、加藤が、後ろの席にいる井原に確認するように「前回私はアルジェからのチャーター便で往復した。今回も帰りは飛行機でアルジェに帰るとかな?」と聞いた。

「帰りの飛行機は明後日十八時のアルジェ行きチャーター便を予約しとるたい」と井原が言って、同じことをフランス語でハリールに伝えた。

「そうか、わかった」とハリールが言っているうちに、ポッポッと砂漠の中に炎が見えてきた。オアルグラから一時間が経過している。

「ちょっと停まる。ここからが我々のワークショップまでの最後の難関だ」と言って、ハリールは外へ出た。熱い空気が瞬時に車中に充満する。

ハリールがタイヤの空気を抜いている。井原と加藤もすぐに車から降りて、その様子を興味深く見つめる。四本のフランソワのサハラXタイヤの空気圧がゼロ近くになり、タイヤがパンクしたように側面が膨らんだ。

「ここからはソフトサンドになる。空気圧を下げて接地面積を広げないと、タイヤが砂に潜ってしまい走れない」

低空気圧タイヤで再出発してすぐにサラサラの砂がうねる箇所に来た。砂漠の熱風が砂を飛ばしている。

その砂の上をゆっくりゆっくりだが確実に進む。タイヤが砂の上に乗っている感じが伝わる。

そうしてソフトサンドの五キロメートルを三十分ほどかけて走ると、再び平らで固い砂のエリアに出る。本来ならここで正規空気圧に戻さなければならないのだが、戻さないドライバーも多い。だからタイヤには厳しい条件となる。やがて石油基地に到着した。そのままトラックの駐車場へ直行する。

そこは加藤が前回来た場所だった。大型のメルセデストラックが八台パークしている内の、並んでいる二台の近くにハリールは停車して言った。

「ニホンタイヤの点検のために待たせてある。終わったらトラックはすぐに発車するので点検は早めにやってほしい。私はそこのワークショップの二階のオフィスにいるので終わったら来てくれ」

加藤はすぐにタイヤ測定道具とカメラを用意して点検を始めた。加藤の言うのを井原がノートに書きとる。

前輪左から右、後輪一軸右外側内側、後二軸右外内、後二軸左外内、後一軸左外内の順に、ぐるりと一回りして十本を点検する。走行キロは運転席前の積算計を記録し、それからタイヤ装着時の積算計値を差引いて算出する。極めて単純作業であるが、熱風が砂を吹き上げる中では、かなり厳しい労働である。目の保護のために二人共ゴーグルを装着しているが、その脇から超微細な砂が容赦なく入り込み、目を襲う。

二台分のタイヤ二十本をくまなく点検した結果、最も注視すべきポイントであるビード回り（タイヤとホイールが嵌合する部分）には、微小のクラックはあるが問題ないレベル。サイドや踏面部にも異常は見られない。空気圧も八バール前後に管理されている。問題はタイヤの実走行キロメートルだ。二台の内の一台が一万二千キロ、もう一台が一万三千キロしか走っていない。

石油公団からは、「テストタイヤが二万キロを異常なく走行したら合格とする」と言われている。

要所々々をカメラに収めると、二人はトラックパーキングに隣接しているワークショップの二階にあるオフィスに行き、ハリールに結果を報告した。ハリールは、

「わかった」とだけ言って、

「大分遅くなったけど昼食に行こう」と再びレンジクルーザーに二人を乗せてワークショップを出た。

従業員用のレストランは五分ほど走った宿舎の一角にある。ここも加藤は前回来ているので、

「セルフサービスで好きなもんが選べるばい。味も悪くなか」と井原に言った。

時間がずれていたので、広いレストランには人はまばらだった。野菜、肉、魚、イタリアン、中華といろいろある。北アフリカ料理のクスクスもある。クスクスは元々は原住民ベルベル人の料理だったそうだ。すべての材料がはるか遠いところから運ばれてきた貴重品である。

二人ともスパゲッティーとパンとコーラを取った。加藤は食事の間、ハリールが結

果に対して「ダコー（わかった）」とだけあっさりと言ったのが気になっていた。良い、ということか、まだ不明ということか？　悪いとはとってなさそうだが……井原は、

「これはうまかー。こげなところでこやんか食事にありつけるとは思わんかった」と喜んでいる。

ハリールが二人に聞いた。

「午後、といってもあと二時間ぐらいで陽が沈むが、どうする？　明日は何をしたいか？」

加藤は井原に日本語でやりたい作業を伝え、井原がそれをフランス語でハリールに伝える。

「午後はさっきのトラックパーキングで、テストタイヤが装着されている二台以外のトラックのタイヤを点検したいです。明日と明後日は廃棄された使用済みタイヤを出来るだけ多く調査したいのですが適当な場所がありますか？」

「トラックパーキングの調査は問題ない。明日明後日の使用済みタイヤの調査だが、ワークショップの脇に何本かは棄ててあるかも知れないが特定の廃棄場所はない。ほとんどのトラックドライバーは砂漠の中に棄ててくるようだ。広いサハラ砂漠だから棄てても邪魔にはならない」

そう言うハリールに、井原は加藤の意向を伝えた。

「砂漠に棄ててあるタイヤを一本一本見つけて、その死に様を見たいのです。効率は悪いですがそれでお願いします」

ハリールは腕を組んでじっと考えていた。そして、

「わかった。私は付き合えないが、明日の七時から明後日の午前中まで車と運転手を出そう。明後日の午後は私のオフィスでラップアップのミーティングをやる。それから空港に行けば良い」と言った。二人は、

「ありがとうございます」と、丁重に頭を下げた。

トラックパーキングに戻ると、テストタイヤが装着されている二台は既にいなかった。

そこに停まっているトラック五台のタイヤを点検した。

全てフランスのフランソワタイヤの砂漠用〈サハラX〉だ。旧宗主国フランスの忘れ物か、フランソワタイヤが他に類を見ない高品質だからか？　ビード回りに割れ、サイド部に傷が見られたが、致命傷には至っていない。加藤は独り言のように言った。

「思った通りだが、これらはまだ生きているタイヤだ。使い終わって棄てられたタイヤの死に様を見なければ何とも言えない。どうやって死んでいったかを知るのは、それがどう生きたかを知ることにもなる」

ワークショップの裏にまわってみると、ハリールの言った通り、使用済みタイヤが二本無造作に放置されていた。二本ともやはりフランソワのサハラXだ。ビード回りに亀裂が入っているが、溝はほとんどなく完全摩耗に近い。つまり寿命末期まで働き続けていた様子が見てとれる。人間で言えば老衰で大往生ということだ。

丁度点検作業が終わった頃、はるか西の彼方の砂のうねりの中に、黄色い巨大な太陽が静かに沈んでいく。一日の終わりだが、あれはまた昇ってくる。太陽は孤独だが不滅だ。

井原と加藤は昼食と同じレストランで夕食を摂ったあと、指定されたプレハブ宿舎へ入った。

井原の部屋も加藤の部屋も広さは四畳半程度にシングルベッド、クローゼットと机がある。加藤は入社した頃のニホンタイヤの独身寮を思い出して懐かしく感じた。

この砂漠の中を職場としている従業員は、こんな狭い部屋で家族のことを思いながら二週間を耐える。そして一週間だけ家族のもとへ帰る。それを果てしなく繰り返す。

シーツは取り換えられており、タオルとバスタオルも新しいものが置いてあった。しかしハリールの言った通り、クローゼットや机の上にはこの部屋の住人の衣類が残されていたので、それには触れないようにした。

外で映写会があると聞いて二人は出かけた。

砂漠の中の映画館にはスクリーンが立てられて、映写技師が映写機の横で準備をしていた。もちろん座席はなく、砂の上にじかに座って観る。

加藤が、

「うあー、おれの小学生時代は夏休みに校庭にスクリーンが立てられ、十六ミリ映画が上映されたたい。『マラソン少年』や『つづり方兄妹』等を見たもんばい。思い出すなあ」とはしゃぐように言った。井原も「うんうん」と頷いている。

スクリーンの周りは満天の星だ。

上映された映画はアメリカ映画の西部劇だった。キスシーンはカットされている。映画はそれなりに楽しめたが、これが従業員の唯一の娯楽と聞いて、

「うーん、この生活を何年も続けるちゅうのはかなり大ごとばい」

と、井原がつぶやいた。

映画が終わったらあとは寝るしかない。

「寝酒がないけん寝られんかも知れん」と二人は言いながら、それぞれの部屋に戻った。

翌朝七時に運転手がレンジクルーザーで二人を迎えに来た。ペットボトルの水がたっぷり積んである。命の水だ。昼食分としてレストランでサンドイッチをもらった。

目的地のない、砂漠の中をさまようドライブに出た。トラックが通りそうな方角に行ってもらう。砂の中にポツンと黒点が見える。「あっ、あれはタイヤじゃないか」

と加藤が叫ぶ。寄ってみると確かにタイヤだが小さい。メルセデス大型トラック用のサイズではないが、加藤は丹念に点検する。

そして更に砂上をさまよう。

また遠くに黒点が見える。寄ってみると確かにタイヤだ。しかも目的のメルセデス大型トラック用のサイズである。加藤は車を降りると跳ねるようにタイヤに近づく。ドライバーが「サソリに気をつけろ」と叫ぶ。サソリはよくタイヤの下に隠れているらしい。

加藤がタイヤをなめるように点検し、その結果を語る。それを井原がメモする。そして、重量が八〇キロぐらいあるタイヤを二人でゆっくり持ち上げてひっくり返す。運転手がまた「サソリに気をつけろ」と注意する。

そしてまた加藤が点検する。

「君はさながらタイヤ検死官だな」と井原が感心したように言った。

「そうたい。タイヤがどうやって死んでいったのか、寿命を全うしたのか、していないとすれば何が原因だったのか。我が社の製品だけじゃなく、他社も、特にフランソワタイヤの死因を見極めることが、今後のタイヤ開発の重要なヒントになるたい」と、加藤が点検しながらつぶやいた。

また黒点を求めてさまよう。

朝方はさわやかだったが、陽が上がってくるにつれて急激に暑くなる。一日の気温の差が激しいのが砂漠の気候である。

水をしっかり飲むが、すぐに蒸発してしまう感じだ。

はるかに遠い青い空を薄茶色のうねりが切り裂いている。

三六〇度見回すと一か所に水たまりらしきものが見えるがそうではない。陽炎のいたずらで逃げ水と呼ばれる現象だ。この逃げ水に騙されてさまよい続けて死んでいった旅人は何人いるのだろうか？

その後更に五本の廃棄タイヤを見つけることが出来た頃に昼時となった。

レンジクルーザー車が作るわずかな日陰の部分に、車に寄りかかって座り、持ってきたサンドイッチをほおばる。日向と日陰の温度差が大きいのも砂漠の特徴だ。時折吹く熱い風が、日陰のさわやかさを消し去る。

砂嵐の時はこの熱い風が暴れまわるのを想像すると、いや想像出来ないが、ぞっとすると同時に今は砂嵐の季節ではないのを感謝する。

わずかな昼食休憩の時に、井原はドライバーに宣伝品のキーホルダーやボールペン、ライターと共に、心ばかりのチップを添えて渡しながら、労いの言葉をかけた。

「我々の調査に協力してもらってありがとう」

ほどこしは当たり前の世界だから、ドライバーは無表情でそれを受け取り、胸ポケットから煙草を取り出し、早速もらったライターで火をつけた。

彼の吐き出す煙を浴びながら、井原はドライバーに、

「ところでムッシュ・ハリールはどんな経歴の人なのか教えてくれないか」と聞いた。

ドライバーは、

「彼はエンジニアだ。プラント・エンジニアリングを専攻したらしい。オランに家族がいる。彼の父親はすごい人だぞ。独立戦争の時のFLN（民族解放戦線）の幹部で、アルジェ市でのフランスとの市街戦で先頭に立って戦い戦死した。国の独立に体を張った人だ」と、誇らしげに語った。

昼食休憩ののち、再び砂漠の黒いダイヤではなく黒いタイヤを求めてあてどもなく動く。

あんなにたっぷりあった水が大分少なくなってきた。水の大切さをあらためて知る。陽が西のかなたに落ちてきた。

「十本見つかった。内四本がメルセデストラック用のサハラXだけど、やはり死に様は同じたい。さて今日はそろそろ引き上げようか」そう言う加藤の顔が赤く染まっている。

大きな火の玉のような太陽が砂漠の彼方に厳かにゆっくりと沈んでいく。扇の骨のように広がった光が青い空に突き刺さっている。

横にいる井原も扇を連想したのか、

「あの扇の要のところにはモロッコ、モーリタニアがあるんだよなあ。『ここは地の果て　アルジェリア』と歌にあるが地の果てはアルジェリアではなくあっちたい」と、沈みゆく太陽をまぶしそうに指さしながら言った。

宿舎に戻った頃には急激に気温が下がり、しのぎやすくなった。食事の後、その夜も野外映画を楽しんだ。

「確かに楽しみはこれしかなか」と井原が言った。

前日と同様のアメリカ映画であった。昔はフランス映画主体だっただろうが、今は大統領の「とにかくフランスとは縁を切る」という方針が娯楽映画にも及んでいるらしい。

フランスと縁を切るというのはフランスに敵対するという意味ではない。ローマ帝国、サラセン帝国、オスマン帝国に支配され、更にその後百三十年もの間フランスの統治下にあったアルジェリア。

そのアルジェリアが独立国という名の通り、真に独り立ちするためには、いつまでもフランスにおんぶに抱っこでは駄目だという覚悟の表れが、この大統領方針である。

映画が終わるとあとは寝るしかない。二人ともそれぞれの部屋に戻った。

たった二、三日ではあるが、この世間から隔離された孤島のような場所から明日は抜け出れると思うと、やっぱり心がうきうきとする。

加藤はなかなか眠れず、眠れないままに部屋を抜け出して外に出た。すると井原も同様らしく、外へ出てきた。

二人で砂の上に大の字になって空を見上げる。加藤が、

「満天の星とはこんこつばい。すぐ近くに見えるけん手を伸ばせばつかめるようだ」

と言いながら手を伸ばしグーパーをした。空振りだった。

井原がそれを見て、

「おい、それは無理ばい。釣り竿ぐらいの棒を持ってくると落せるかも知れん」とまじめな顔で言った。二人で大笑いだ。

眠れないままに朝を迎えた。

朝食を済ませ、出発の準備が整った頃に迎えの車が来た。

陽はまた昇る、と言うが本当だ。東側の地平線が赤く染まり、孤高の太陽が顔を出してきた。

「もう地球の向こう側を回って来たとか」と井原が言う。

二人はまたドライバーと共に廃棄タイヤを求めて基地を出発した。そして昼までに合計十二本、その内メルセデストラック用大型タイヤ五本が見つかった。

基地へ戻り昼食を済ませると、二人はハリールへ報告すると共に今後のことを打ち

合わせるためにオフィスへ出向いた。

「結局何本点検出来たか?」とハリールは聞いた。相変わらず上から目線の口調である。

かつてフランス人がアルジェリア人に対して見せた態度を、今はアルジェリア人が我々にやりかえしているんだ。井原はそう思った。

「メルセデス大型トラック用タイヤが十一本ですべてフランソワのサハラXでした。その他もろもろのサイズが十三本で合計二十四本点検出来ました」と、加藤がメモを見ながら説明し、それを井原が通訳する。

「ほう! 広い、そしてくそ暑い砂漠の中でよくそれだけ見つけられたな。それで結論は?」

「サハラXの一番の問題はやはりビード回りの亀裂成長です。その他のサイズは完全摩耗で使い切ったかアクシデントによるカットで廃品となったものでした」

「そうか。メルセデス大型トラックには過去アメリカやイギリス製のナイロンバイアスタイヤ(タイヤの内部にナイロンコードを敷き詰めたキャンバスを交差状に何枚も張りつめて骨格を形成したもの)が使われていた。しかし耐久力不足で使い物にならなかった。そこでフランソワタイヤが技術者をこの砂漠に送りこんで研究の末開発したのがオールスチールラジアルタイヤ(タイヤ内部にスチールコードを放射状に張り、踏面部に同じくスチルコードをベルト状に強力に巻き付けたもの）のサハラXだ。これによりタイヤライフが格段に延びた。舗装と砂漠をミックスで走る使い方でだいたい五万キロメートル、砂漠主体で走ればあまり摩耗しないから八万キロぐらいがサハラXの寿命だ」ハリールの説明を加藤も井原も夢中でメモしている。

「どんなタイヤでもサハラXにはかなわなかった。ニホンタイヤには期待していいのだろうか？　やっぱり裏切られるのだろうな」ハリールは加藤を見つめながら、独り言のように呟いた。

「ソフトサンドを走るためには空気圧を極端に落とします。それによってタイヤの側面部が張り出しパンクに近い状態になり、接地面積が増えて、タイヤは砂に潜らず浮いて走ることが出来ます。しかし極端な低空気圧は大きなストレスをビード部に集中させ、やがて故障してしまいます。我が社の技術開発センターでは、ビード部に新しい特殊な材料と構造を適用してこの問題を解決しました」

「そうか、お手並み拝見というところだな。問題はビード部だけではない。タイヤ側面が接地することで傷を受けて本当にパンクしてしまうことがよくある。それについてはどうだ？」

このハリールの質問に対しては、

「側面部まで接地するということは、側面部が傷を受けるリスクがあるということです。これについても我が社の技術開発センターでは研究を重ねました。そして側面部のゴムを二層構造にしました。つまり外側は傷を受けにくいゴム、内側は外側に傷を受けても中に通させないゴム、いずれも特殊なゴムを二層にして解決しています」と、加藤は自信を持って回答した。

ハリールは、

「そうか、これもお手並み拝見だ。しかし悠長なことは言ってられない。来週にはタイヤの国際入札が正式発表されるのだ。急がねばならない」と、また独り言のように言った。

井原と加藤は顔を見合わせた。そして井原がハリールに確認する。

「タイヤの入札が来週発表されるのですか？　ハリールさん」

「これは公団内では正式に発表されているから言っても構わないと思うが、フランス製の物資は輸入禁止となる。これはタイヤにも適用される。つまりフランソワタイヤは締め出される可能性がある。そうするとフランソワに代わるブランドが必要となる。一般のタイヤは使えるものがいろいろありそうだが、最も重要である砂漠用タイヤで使えるタイヤはないから、我々現場としては非常に困ることになる」

ハリールの言葉に井原と加藤がまた顔を見合わせた。今度は加藤が聞く。

「ニホンタイヤのテスト結果はいいし、今後走り込んだ時点でも問題ないと確信しています。現時点の走行キロは一万二千と一万三千です。これで技術承認はされると理解してよろしいでしょうか?」加藤はあえて二万キロメートル走行して品質に異常がないことが入札条件を言わなかった。

「技術承認の条件は〈二万キロメートル走行して品質に異常がないこと〉となっている」とのハリールの言葉に、加藤は思い切って聞いた。

「ハリールさん、二万キロ到達にはあと数ヶ月かかるのではないでしょうか。入札に間に合うでしょうか?」

「間に合うわけがないだろう」

それでは入札に参加する意味がない。加藤は祈るようにハリールに依頼した。

「テストタイヤが装着されている二台のトラックを、特別に多く走らせてもらえませんか?」

これにはハリールが怒りの色をあらわにした。

「仕事以外にもどんどん走らせろというのか、そんなことが出来るわけがない」

ハリールの剣幕に加藤は驚き、すぐに、

「申し訳ありません」と謝った。

ハリールはそれでも、しばらく考え込んでいたのか、腕組みをして天井を見上げていた。そして、

「これは独り言だが、もし今回の結果が〈一台は二万一千キロ、もう一台は二万二千

キロ走行で問題なし〉と報告されればこの入札に間に合う」と、さらっと言った。

えー、嘘の報告をしろということか?と加藤は困ったと思いながら、

「そういう報告をして欲しいということですか?」とハリールに聞いた。するとハリールは言った。

「また独り言だが、そこまで問題なく走れると自信があるんだろ。だったらいいじゃないか」

するると、腑に落ちない顔をしている加藤を制して、井原がにっこりして、

「よくわかりました」と頷いた。

アルジェへ戻るための空港へ行かねばならない時間になった。砂漠での廃品調査に同行してくれたドライバーが空港まで送ってくれた。

空港に着いてチェックインを済ませると井原はすぐに公衆電話で北山所長に電話を入れた。

「こちらでの調査が終わりまして今からアルジェに戻るところですが、いい情報を入手しました。来週にはタイヤの国際入札が発表されるそうです」特ダネを報告するように井原の声が上ずっている。そして、

「はい、はい、それでは詳細はそちらで」と、電話の向こうの所長に褒められたのか、ニコッとして電話を切った。

アルジェに到着すると、また加藤は井原と同じエルビアールの独身寮に泊った。四部屋あるうちの二部屋が空いているので、その内の一部屋を加藤が使わせてもらう。単身駐在員の清川は工作機械の納入が終了し、あとは設置作業だけとなったので、機械メーカーからの派遣者である熊田を残して帰国した。

その熊田は今夜も外出中のようだ。彼の使命である工作機械の設置が完了するまでは帰国出来ない。それをいいことに夜な夜な飲み歩いているらしい。

「彼の車はガレージに置いてあるけん、一旦帰ってきて、またタクシーで飲みに出かけたんじゃろ」と井原が言った。

加藤は出来ることなら、あのジャン・ギャバンの映画『望郷ペペルモコ』に出てきたホテル・アレッティに泊まりたいと思ったが、全く空いていないとのこと。オイルショック以来、千客万来でホテル事情は非常にタイトだ。

ここはホテルほどくつろぐことは出来ないが、砂漠の中の宿舎よりははるかに居心地の良い独身寮で、加藤はシャワーを浴びたあと、ぐっすりと眠ることが出来た。

翌朝、井原が作ってくれたハムエッグをトーストとコーヒーで食べると、加藤は井原と共にオフィスへ向かった。

午前中はオフィスで北山所長と大田原所長代理に今回の現場出張の報告をして、午後の便でカイロへ戻る予定なのでスーツケースも一緒に持った。

　報告後の討議のポイントは一週間後に発表されるタイヤの国際入札への対応、具体的にはニホンタイヤの営業部隊に当地へ出張してもらうとして、いつにするか？　もう一つはタイヤのテスト結果をどう報告するか、つまり真実か虚偽の報告をするか？であった。

　特にテスト結果の報告について井原は、

「フランソワタイヤの購入が出来なくなった今、使える砂漠用タイヤはニホンタイヤしかありません。それを踏まえてのハリールの提案だからここは彼に乗るべきだと思います」と主張した。それに対して加藤は、

「提案ではなく、あれはハリールの独り言です。そういう報告をして欲しいという理由はよくわかります。だが、テストタイヤの装着時と今回の調査時のトラックの走行距離積算計を調べれば違いがすぐわかることです。そんな虚偽の報告は出来ません。東京本社にも意見を聞く必要がありますが、先ずＯＫとは言わないでしょう」と真っ向から反対した。

「あれはハリールの独り言というより、我々に対する提案、いや指示と私は受け止めました」と井原が再び主張した。

　北山と大田原は結論を保留した。

　北山は、

「報告書提出のことは今は保留して、とにかくニホンタイヤさんの営業部隊に出来るだけ早くこちらに来てもらいましょう。ビザも取らなければならないし、一週間ぐらいはすぐ経ってしまいます。当社本店の物資部から御社にお願いするように、私の方からすぐに連絡を取ります。ところで加藤さんは今日カイロに戻られても、またすぐに来ていただかなければなりませんが、どうされますか？」と加藤に聞いた。

「一旦カイロに戻って、また一週間後に来るのはばかばかしいですから、私はリビアに行って砂漠用タイヤの最新状況を確認してからまたここに戻ってきます」

「そうですか、それではすぐにリビアのビザとエアチケットとホテルを手配させます」と、北山が言うと、

「ありがとうございます。リビアのビザは今から申請すれば明日には取れると思いますので明後日にベンガジに飛びたいと思います。ベンガジに二泊してこちらに戻ってきます。その線でアルジェ・ベンガジ往復のチケットとホテルを二泊とっていただけますか。ベンガシールホテルかリビアパレスホテルかどっちでもいいです」と加藤が北山にお願いすると、北山は聞いた。

「えっ、リビアは首都のトリポリではないんですか？」

「当社の代理店がベンガジにあるんです。それに砂漠へ行くトラックの運送業者もベンガジの方が多いのです」と加藤は言いながらパスポートを北山に手渡した。

九、　国際入札

加藤はベンガジへ行って三日後にアルジェへ戻り、今度は独身寮ではなく、オープンしたばかりのホテルオラシーに宿泊した。

加藤がアルジェに戻った二日後には、カイロから加藤と同僚で営業駐在員の森本、ニホンタイヤ東京本社から海外営業部長の浜中《はまなか》、アフリカ課長の関根《せきね》がアルジェに集結した。

タイトだったホテル事情は、この巨大ホテルのオープンで一気に解消に向かい、三人とも加藤と同じホテルオラシーに宿泊出来ることになったのはラッキーであった。皆がバラバラでは不便極まりない。

七洋商事アルジェオフィスで北山、大田原、井原の三人と、ニホンタイヤからの出張者四人で、アルジェリア石油公団のタイヤ国際入札への対応会議に入った。

入札は既に正式発表され、応札締め切りは一週間後の一九七六年八月三十一日となっている。

井原と加藤が現地で入手した〈フランスからの物資の輸入禁止〉という情報は、正式に発表されているわけではないが、どうやら本当らしいという裏情報も得ている。

ニホンタイヤは砂漠用トラックタイヤの商品名を〈CAMEL〉（ラクダ）と命名した。これを目玉商品として、その他広範囲のタイヤラインナップを揃え、金額三千万USドル（八十七億円、USドル＝二九〇円）とかなり強気の受注目標を設定した。ゼロから一気に大商いを狙うわけである。

議論の焦点はやはり砂漠用テストタイヤの中間報告をどういう形で石油公団に提出するか、具体的には現在走行キロメートルを何キロとするかに絞られた。

北山所長の指名により、先ず井原が直接現場で加藤のアテンドをした中で得られた情報を述べた。

「サハラ砂漠の石油基地に常駐している石油公団のエンジニア・ハリール氏の意見では『フランソワの砂漠用タイヤが輸入出来なくなると現場の資材運搬が大混乱します。それに代わり得るものはニホンタイヤしかありません。現在までのテスト結果で品質は合格レベルにあります。問題は走行距離がまだ基準の二万キロに達していないことです。しかし二万キロまで問題なく到達することは確実です。だからニホンタイヤからの調査報告書を、例えば〈一台は二万一千キロ走行、もう一台は二万二千キロ走行で、タイヤ品質に問題なし〉としてはどうか』との意向でした」

それを受けて北山所長は、

「先方の現場担当者のこの提案について、皆さんはどう判断されますか?」と、ニホンタイヤ側に意見を促した。

これに反応し、ニホンタイヤ東京本社の浜中海外部長がだみ声を発した。

「加藤君、最新情報で実際は何キロ走行しているんだ?」

「はい、一台は一万二千キロ、もう一台は一万三千キロです」

「そうか、それを二万キロクリアーとして報告しろということだな。お客様側からのありがたいご提案だ。その通りに報告することで石油公団、いやアルジェリアの発展に貢献出来るのであればその通りにすべきと思うが関根課長の意見はどうだ?」と関根アフリカ課長の方に意見を求めた。関根は、

「部長のおっしゃる通りだと思います」と答えた。

それを受けて、カイロ事務所の営業担当森本駐在員、そして七洋商事側の北山所長、大田原所長代理と井原、つまり加藤を除く全員が、ハリールの提案を受けることに賛成した。

加藤は態度を保留した。

関根課長がメガネの奥の細い眼をキラリと光らせて加藤の方を向き、

「加藤君、君は反対なのかい？」と、言った。口元はほころばせているが眼は笑っていない。

「はあ……私は賛成しかねます」

加藤の答えに全員の目が加藤に集中した。再び関根課長が加藤に聞いた。

「その理由は何だね？」

「……」答えるのをためらう加藤に関根が声を大きくした。

「理由は何だ！」

加藤はあわてて答えた。

「嘘の報告書を書くのは躊躇します」

「嘘の報告書とは聞こえが悪いな。石油公団側が望む報告書を提出するのだから問題ないと思うが」

「相手側が望もうが望むまいが、データを改ざんして報告するのは、ニホンタイヤとしてやってはならないことだと思います」

譲らない加藤の反応を聞いて、関根課長の顔が赤みを帯びてきた。

全員かたずをのんで、このやり取りを聞いていた。明らかに雰囲気が悪くなってきている。

そこで北山所長があえて静かな口調で言った。

「加藤さん、もう一度今回の入札の意義を確認します。この入札にはフランス品はシャットアウトされると思われます。これは我々にとってのビジネスチャンスという側面よりも、百三十年間フランスの植民地であったアルジェリアが真に独立国として自立するのを我々がサポートするという重要な意味があります。そのためにどうするかという視点で考えていただけませんか」

　それに対して加藤は、

「それはよくわかっております。しかしそれと嘘の報告書を書くのとは意味が違うと思います」と答えた時に、じっと聞いていた浜中部長の雷が落ちた。

「おい、加藤、お前はわかっていない。お客さんが望む報告書を書くことが、お客さんを助けることになるのだ。その結果として我々が商売を頂こうとしているのだ。真実とか嘘とかいった次元の話ではない」

　加藤は浜中部長の剣幕に気おされそうになりながらも必死で耐えて反論した。

「言うべきことを言わなければ会社に対してかえって不義を働くことになります。だから恐れながらあえて部長に申し上げます。我々が砂漠用タイヤを開発して、アルジェリアの真の自立に貢献することは、亡き創業者の理念通り〈社会に貢献〉だと思います。しかしそのためにデータを改ざんすることは創業者は望まれないと確信します。仮に、ニホンタイヤの砂漠用タイヤが技術承認され、ビッグビジネスを得たとしても、後で技術報告書が虚偽だったことがわかれば、例えそれが相手側担当者の提案だったとしてもただでは済まされません。注文がキャンセルになるだけではなく、我々はアルジェリアから永久追放になる可能性もあります。提案してくれた、否、提案でも指示でもなく独り言を言っただけのハリール氏にも罰が及ぶかもしれません。私はアルジェリアだけではなく他のアラブ諸国も担当していて、アラブというのはそういう所だと理解しています」

この加藤の答えに、浜中部長は、

「うーん、君はけしからんな。創業者のことを言いだされたら何も反論出来ないぞ」

と唸った。

その時井原が意見を述べた。

「加藤さん名でテスト中間報告が、実際の走行キロメートルで出されたとします。一方、現場の方からもハリール氏から報告書が出され、それには〈二万キロメートル強走行で問題なし〉と書かれていたらどういうことになるでしょうか?」

それには今までだまってやり取りを聞いていた大田原が口を出した。

「両報告書の走行距離に差があれば当然チェックが入るでしょう。そしてハリールの報告書の走行距離が間違いとわかれば、彼の立場が悪くなる恐れがあります。その意味でもハリールの提案に合わせた方が良いのではないですか」

「ハリール氏は今回の入札の情報も提供してくれました。テスト報告にしても石油公団とニホンタイヤの双方の利益になるような提案をしてくれています。だから彼の立場が悪くならないようにしたいですね。そのためには私も、ハリール氏の提案に沿った報告をする方が良いと思います」と井原が現場で直接ハリールと接した立場で意見を言った。

それを聞いて加藤が再び、

「あれは提案ではなく独り言です」と言ったが、それは無視して、浜中部長があらためて指示した。

「加藤君、七洋商事さんのおっしゃる通りだ。ここはあえて二万キロで報告しなさい」

しかし加藤は首を縦に振らない。

浜中部長はついに加藤を怒鳴りつけた。

「おい、加藤、上司が『糞を食え』と命令したら食うんだ。それが組織というもんだ」

加藤の顔が歪んだ。

「それが必要だと納得すれば何でもやります。糞も食います。しかし納得のいかない命令に従うのはかえって不義だと思います」

加藤の反論に場が静まりかえった。

するとその時、大田原がつぶやいた。

「ハリールがリスクをとってまで我々に有利な提案をするのは何故でしょうか。大統領の方針に応えたいというのはわかりますが……それだけでしょうかね。何かもっと重要な理由があるのかも知れません。もちろんこれを見極めるのは我々七洋商事の役割ですから天つばになりますけど」

その時井原がハッとしたように答えた。

「そういえば砂漠でのタイヤ調査中に、ドライバーがハリール氏の父親について語ったことがあります。アルジェリア独立戦争の時に、彼の父親は独立運動組織ＦＬＮのメンバーだったようです。だからフランスに対して特別な感情を持っているのかも知れません」

「井原君、そういう情報を先に言いなさい」と北山所長が珍しく語気を強めて叱責しながら、ニホンタイヤのメンバーに向かって、

「ハリール氏の素性を調べる必要がありそうです。この会議はここで一旦お開きにさせていただき、あすまたお集まりいただくということでお願いしたいと思いますがいかがでしょうか？」

するとと加藤がちょっと待ってください、というようなそぶりを見せて、

「もう一つ調べていただきたいことがあります。フランソワタイヤはフランス国外に

も工場を持っています。フランス品輸入禁止という意味は、フランス以外で製造されたタイヤはOKということでしょうか?」と聞いた。これには皆虚を突かれた様子であった。

浜中が苦虫をかみつぶしたような面持ちで、

「大事なポイントです。七洋さん調査を宜しくお願いします」と頭を下げた。

それから北山、大田原、井原は手分けして、ハリール氏の父親の情報収集と、フランス品輸入禁止の定義についての確認にあたった。

翌日の会議で北山所長がその結果を発表した。

「ハリール氏の父親についていろいろなことがわかりましたが、とりあえず重要なポイントのみお伝えします。彼がFLNのメンバーだったことは昨日の井原の報告通りですが、単なるメンバーではなく幹部の一人だったようです。独立を阻止しようとするフランス側との戦いでは常に先頭に立ち、勇敢に戦っていたそうです。しかしダウンタウンでの市街戦で彼は捕らえられて、市中を引き回されたあげくなぶり殺しにされ、道路に放り出されていたそうです。見せしめですね。それを見た仲間たちや、まだ子供だった息子ハリールも口々に復讐を誓っていたようです。つまりブーメ大統領の掲げるフランス離れの大義名分とは別に、ハリール氏自身のフランスに対する特別の感情がありそうです。それからフランソワタイヤのことですが、どこで製造されようとフランソワタイヤはフランスそのものであり、輸入禁止の対象となるそうです。コカ・コーラがイスラエルに生産拠点を持っているというだけで、アラブボイコットの対象となり、どこから持ってきてもアラブの国々には受け入れられないのと同じようなものですね」

北山所長の報告に浜中部長は、

「なるほど、よくわかりました。ハリール氏は益々我々の味方につけなければいけませんね。それとフランソワタイヤそのものが輸入禁止対象となることは、我々にとって非常に重要なポイントであることを再確認しました」と頷いた。

一方、加藤は北山所長の報告を聞いて、自身のレバノン内戦での体験を思い起こし、ハリール父が市中引き回しの上なぶり殺しにあった姿を想像していた。

十、　死の商人の贈り物

加藤清武はカイロ駐在の前にレバノンのベイルートに単身で駐在していた。彼がベイルートに赴任したのは一九七五年三月一日である。

レバノンはアラビア半島の北西端にあり、周りはイスラエル、シリア、ヨルダンと国境を接している。

少し範囲を広げると周辺国にはトルコ、イラク、エジプトの国々がある。

またレバノン内にはイスラエルに居住地を奪われたパレスチナ人の難民部落も抱えている。

このように複雑な地域環境にあるために、これまでに四度の中東戦争に巻き込まれているが、これからもいつ何が起きてもおかしくないというのが、この国、地域の特性である。

加藤は当時ニホンタイヤの技術駐在員として、ベイルート駐在員事務所に所属し、主に北アフリカ地域の技術サービスを担当していた。

直前の一九七三年（昭和四八年）末に起きた第一次オイルショックでアラビアンライト価格が一バーレル（一五九リッター）当たり二USドルから一気に十二USドルへ跳ね上がった。（当時USドル＝約二九〇円）

これによる産油国ブームで、担当地域の売上高は急激に上昇し、駐在員の業務は多忙を極めていた。

加藤だけでなく他の駐在員も、出張のためのビザ、現金、トラベラーズチェック、出張先のホテルの確保等に常に追われていた。

オフィスのあるリヤドソルフ広場は、ベイルート市内の地中海側の比較的高級なオフィス街とダウンタウンの雑然とした地区のちょうど境目あたりに位置していた。

オフィスはこのリヤドソルフ広場の一角、オウエニビルの五階にあった。

加藤が着任して一ヶ月が経過し、前任者の竜山との引き継ぎも終えたある日、オフィスには所長以下、加藤を含む日本人三名とローカルスタッフ三名が勤務していた。

広場は、ダウンタウンとオフィス街を往き来する車、人の群れで、終日混み合っており、クラクションや怒鳴り声がオフィスまで聞こえてくる。

午前十一時頃、その喧騒がピタッとやんだ。

何だろう?と、加藤は窓をあけ下の広場を覗いてみた。すると車も人も忽然と消えている。シーンと静まりかえってまるで休日の光景だ。

何か変だぞ、と思っているうちに、突然爆竹かかんしゃく玉のような音が鳴り響いた。ローカルスタッフが
「カトーサン、すぐ窓を閉めてこっちへ来い」と言いながら、自分たちも窓側から離れてオフィスの中央側へ寄っている。加藤には何がおきたのかさっぱりわからないまませれに従った。所長が壁際に寄ってすぐに日本大使館に電話をかけて何がおきたのかを確認している。

「銃撃戦が起きた。詳しいことはわからないが、しばらく動かない方が良い」と日本大使館側の情報らしい。

ここはしばらくじっとしているしかない。外で銃声は続いているが、ピストルの乾いた軽い音より少し湿って重目のバリバリバリという連続発射音がするマシンガンの方が多いようだ。

その間ローカルスタッフも家族と連絡を取ったり知り合いから情報を得たりしている。皆、何が起きたのか理解出来ないままに、それぞれ窓から出来るだけ離れた所に移動して成り行きを見守っていた。

そうしているうちに、ローカルスタッフのジョージが情報をつかんだ。

「私の周辺情報では、クリスチャンとムスリムの間で紛争が起きたらしい。今日、私たちクリスチャンの居住区であるアイン・ルマーネがムスリムのコマンド（奇襲部隊）に襲われ、それとほぼ同時に南レバノンのサイーダでも衝突が起きたとのニュースだ。今回の事件は従来のように、イスラエルが侵攻してきたとか、イスラエルとパレスチナが衝突したのとは違ってレバノン人同士のくだらない宗教争いだ。私の家族はアイン・ルマーネにいるから心配だ。このオフィスの回りも安全ではないようだ。皆早く逃げた方が良い。海岸方面はまだ比較的安全らしい」

ジョージは優秀だが少しそそっかしいところのあるレバノン人クリスチャンで、販売促進とか渉外を担当している。

すると、いつもの通りケントをパイプに入れてスパスパ喫いながら、新聞を読んでいた運転手のナシーブが、ジョージの話を聞いてするどく反応した。

「おいジョージ、日本人の前でレバノン人同士のくだらない争いなどと誤解されるようなことは言わないでくれ。これはくだらない争いではない。我々ムスリムは以前から、三十年も前に、旧宗主国フランス主導で決められた憲法が現在の実態と合っていないから、実態に合わせておれたちムスリムに政治の主導権を渡すべき、と言っているのだ。にもかかわらずクリスチャンがいつまでも政権にしがみついているから国がおかしくなっているのではないか」

ナシーブは、ジョージと同じレバノン人だがムスリムだ。すると今度は秘書のメリーが口を挟んだ。

「三十年前に憲法が制定された時と現在では状況が違ってきているのは確かよ。でも大統領とか首相を宗派で選んだり、国会議員数を宗派の人口比にしたりするのは全くおかしいと思うわ。宗教に関係なく平等にちゃんと選挙で選ぶべきよ」

そして三人で侃々諤々の議論が始まった。日本人には入っていけない議論だ。外では銃声が続いている。

メリーの言う通り、レバノンが一九四三年にフランスより独立した際、国民協約により、大統領はクリスチャン、首相はムスリム・スンニ派、国会議長はムスリム・シーア派からと決められた。また、閣僚及び国会議員数もマジョリティーはクリスチャンでムスリムはマイノリティーと設定された。これはレバノン独立時の各々の人口比率によるものであるが、その後、クリスチャンよりムスリムの方が人口増加が大きく、いつしかこの人口比率が逆転してしまった。それでこの国民協約を見なおすべきであるとのムスリム側寄りの声が圧力として高まってきて、今回それが爆発したらしい。もっとも人口比率といっても、当時正確な国勢調査をしたのでもなく、そもそも、国民協約そのものが旧宗主国であるフランスの欺瞞であったと言われている。

加藤はこのやりとりを聞いていて、メリーは偉いと思った。

メリーはアルメニア系レバノン人である。アルメニアは黒海とカスピ海の間にある小国である。十九世紀末および二十世紀初にオスマン帝国による大虐殺を受け、メリーの家族を含む多くのアルメニア人は難民となって国外に逃亡した。アルメニアの国教はキリスト教だから、この場合クリスチャンであるジョージの方を支持するのが普通だろうが、メリーは実に見識のある意見を述べていた。

三人はしばらく議論をしていたが、ジョージがとつぜんそれをさえぎった。

「自分は議論をしている場合ではない。家族がアイン・ルマーネにいるから心配だ。すぐに帰らねばならない、あなたたちもさっさと逃げた方が良い」

ジョージはそう言い残してオフィスを去ったが、それ以来彼は消息を絶った。自宅に向かう途中でムスリム居住区を通る際に、ムスリムコマンドに捕らえられて虐殺され、道路に放り出されていたということを後になって聞いた。クリスチャンコマンドのメンバーと間違えられたらしい。

いつの時代でも、宗教戦争とか民族間紛争の特異性は、殺し方が残虐なことと、しつこくいつまでもだらだらと続くことだ。

この衝突は、その後レバノン内戦へと拡大し、長い長い泥沼の戦いとなって、結局終結まで十五年の歳月を要した。

オフィスで二時間ほどじっと身をひそめていると、銃撃戦はどうやら収まったとの情報と「引き揚げるなら今だ」という商社筋からの連絡が入った。

加藤は万一に備え、二〜三週間レバノン国外に出れるように書類とタイヤ調査道具を整え、皆と一緒にオフィスを出た。階下へ降りるのにはエレベーターは使わず階段を使い、自家用車組は地下へ、タクシー組はグランドフロアへ降りた。

ビルから広場に出ると不思議なことに、いつのまにかいつもと同じような車のクラクションと人の往来が戻っていた。加藤は狐につままれたような気持ちでタクシーでコモドールホテルに戻った。

レバノン内戦が長期となった理由は、初期の要因であった宗教・政治の争いから次第に外れ、お互いの親兄弟親戚友人の虐殺に対する憎しみの報復合戦になったことによる。まるでマフィアの抗争のように果てしない殺し合いだ。

特に宗教間の争いについては〈宗教とは人類同士を戦わせるために人間が作った特別な属性〉と定義されるぐらいだ。

これは特定の宗教に限らず、少なからずどの宗教にも言えることで、誰の心の中にも巣食っている特有の差別意識ではないだろうか。

その心の中の属意識を更に昂らせる覚醒剤のようなとんでもない存在がある。

それは死の商人と呼ばれる〈武器商人〉である。

彼らは米国製、ソ連製、イギリス製、フランス製等の兵器を形勢不利な側に持ち込み、巧みに売りさばいて形勢を逆転させる。

そのあとに今度は、逆転された側に売り込みを図り、形勢を再逆転させる。これの繰り返しだから紛争は延々と続く。双方の兵器の保有に縮小均衡はありえず、常に拡大均衡のシーソーゲームを演出しながら、武器商人は陰でほくそ笑んでいる。

泣くのは、常にもっともらしい大義名分で戦争にかりだされ、死んでいく兵士たちとその家族だ。

そしてその復讐、報復合戦は延々と続く。

まさしく戦争、紛争は〈死の商人の贈り物〉である。


夜に入ると銃撃戦が再び始まった。マシンガンのバリバリバリバリにロケット砲のドンドンも加わって、まるで花火大会のような音が一晩中鳴り響いた。

加藤はホテルの部屋の窓側から出来るだけ離れて、ベッドの横の床に普段着のまま寝ようとした。しかしとうとう一睡も出来ず朝を迎えた。

翌朝、加藤はホテルから田中所長と電話で連絡を取った。

「田中さんのフラットは大丈夫でしたか？　ご家族はいかがですか？」

「このビルも家族も大丈夫だ。砲弾の音がうるさくて寝られなかったけどね。コモドールホテルの方はどうだった？」

「はい、こっちもＯＫです。只、私はこのままベイルートにいても意味がないので、私の担当地域である北アフリカにしばらく出張したいと思います。日本からサハラ砂漠用タイヤの調査を急げ、とも言われていますので」

「加藤君そうしてくれ。その間に状況も好転するかも知れない。空港はまだ閉鎖されていないとの情報だ。出来るだけ早く国外へ出た方がいいだろう。気をつけて行ってくれ」

加藤はリビアのビザは取っていたので、ホテル内の旅行代理店カウンターで航空券を購入し、その日の内にリビアへ行くことにした。

ミドルイースト航空でベイルートからローマへ飛び、ローマ空港でリビア航空へ乗り継ぎ、リビア第二の都市ベンガジへ向かった。しばらくどさ回りになるかも知れないので出来るだけ多くの衣類をスーツケースに詰め込んで戦火のベイルートを脱出した。

ローマ・レオナルドダヴィンチ空港からのリビア航空のボーイング７２７は離陸から二時間後にベンガジの上空へ到達した。その間アルコール類は一切出ない。もちろんリビア入国後も酒類はご法度である。楽しみは？　仕事だけだ。

リビア航空機は着陸地点を確認するように空港の上を旋回しながらスライドして高度を下げていく。地上がどんどん迫ってくる。そのまま落ちていくようで、気持ちの良いものではない。

ベンガジ空港の片隅には二年近く前の一九七三年（昭和四八年）七月に日本赤軍に

ハイジャックされたパリ発アムステルダム、アンカレッジ経由東京行きＪＡＬ便ジャンボ機の残骸が放置されたままであった。

日本赤軍は、ハイジャック後、ドバイ、ダマスカスを経由したのちに、このベンガジ空港で乗客、乗員計百四十人を解放した後、機体を爆破しリビア政府へ投降した。その後、犯人グループはリビアの首長カダフィー大佐の黙認の下、いずこかへ逃亡したとのことである。

加藤はこの残骸を横目で見ながら、砂漠と石油とカダフィーの国リビアの土を踏んだ。入国カードはアラビア語で書かねばならない。書けるわけがない。アラビア語と英語のわかる人を見つけて書いてもらった。

手荷物もスーツケースも中身はすべて取り出してなめるようにチェックし、チェックしたあとはぐちゃぐちゃに戻して、「さっさと行け」と、手で追い払うしぐさをする。殴りたくなるが必死に我慢。

さんざんいやな思いをしてのリビア入国は、一九七五年（昭和五〇年）四月のことであった。

加藤にとっては、これが竜山先輩から引き継いだサハラ砂漠との壮絶な戦いのプロローグであった。

一ヶ月間の北アフリカどさ回りの旅の後、内戦も小康状態との連絡を受けて、加藤は一旦ベイルートへ戻った。

久し振りのベイルートは戦闘などなかったかのように、いつもの賑わいを見せていた。同じオフィスに駐在する先輩の鍋島と再会し、ホテルで夕食の後、黄昏時の街を少し歩いてみた。

盛り場のネオンも点灯しはじめていた。

「どうやら大丈夫かごたるばい、飲み屋のネオンもキラキラ輝いとっておれたちば呼びよったい。ちょっとその辺に一杯飲みに行くか」と鍋島が言った。

「まだ危かばい。ホテルで飲んだ方が良かろもん」と、加藤は言ったが、鍋島は、「大丈夫たい」と、さっさと行く。

鍋島も加藤も九州熊本の出身だから二人の時は自然と熊本弁での会話になる。

二人はハムラ通りの小さなショットバー〈ブラックアンドホワイト〉のドアを開けた。ここには前に一度来たことがある。広さ八畳間位の薄暗い部屋にJの形をしたカウンターがあり、先客五人がドアに背を向けて飲んでいた。その内二人は女性だ。一番右端、Jの頭の部分が空いていたので、壁際に加藤、その隣に鍋島が陣取った。椅子はない。

二人共奮発してコニャックをオーダーした。鍋島の隣には小柄でブラウンの髪をした女が立っている。フランス人だろうか？

これが中東のパリと言われたベイルートの国際色豊かな姿だ。その雰囲気が戻ってきたように二人は感じていた。

　カウンターの中には店のオーナーらしい男とバーテンがいる。オーナーらしい男は普通の体格だが、バーテンはかなり体格がいい。一八五センチ位の上背で、がっしりした身体をしている。黒の長髪が縮れていてすそがはね上がっている。

「あなたはいい身体してるね。なにかスポーツやってるの?」と鍋島がバーテンに話しかけた。

「はい、空手をやってます、あなた方はヤバーニ?(日本人?)」と逆に聞いてきた。

「そうだ、ヤバーニだ」と鍋島が答えると、

「日本人なら空手出来るでしょう、今度教えてください」とバーテンは言った。中東の人たちは日本人は皆空手が出来ると思っている。

　もしかしたらこの思い込みはパレスチナ難民部落での日本赤軍グループの訓練からなのか?

　こんなやつと空手なんかやったらぶっ殺される、加藤はそう思った。

「はい、今度空手を一緒に練習しましょう」と、鍋島は冗談を言いながら、

「ところで、この内戦は終わったの?」と聞いた。その時の時刻は午後八時頃だったと加藤は記憶している。

「いや、まだ終わっていない。実は今夜も状況はあまり良くないので九時には店を閉

めるつもりだ」とバーテンは答えた。

　通常ベイルートのバーは明け方の三時、四時頃まで営業している。ほとんど不夜城だ。それが午後九時に閉めるということは、やはり状況は良くなっていない。

「よし、ほんなら九時まで飲んで帰るばい、加藤君」と鍋島は言った。

　客の一人が、ジュークボックスで一曲選曲した。流れてきた歌は、当時世界中でヒットしていたカーペンターズの『イエスタデイ・ワンス・モア』だ。

「うーん、いい歌だ」鍋島がつぶやいた。

　カレンの歌声は、硝煙でよごれたベイルートの空気を浄化してくれるように澄みきって響いた。

　その時、突然バーのドアが蹴り開けられ、黒の目出し帽をかぶった二人の男がマシンガンを腰だめにして飛び込んできた。

「フリーズ」（動くな）と男が叫んだ。

　カウンターの中の二人も含めて全員が手を頭に乗せて凍りつくと、賊は客に少しずつカウンターの右側、即ち加藤たちがいる側に動くように、マシンガンの銃口をそちらに向けて命令した。

　客の全員が両手を頭に乗せたまま右側に移動した。その時加藤はカウンターの上に置いていた黒いハンドバッグをうかつにも取り上げた。

中には命の次に大事なパスポートと財布が入っている。賊はそれを見逃さず加藤を見た。目が合った。それは奥目で二重まぶたの少し悲しげなアラブ系の目だった。

〈まずい！〉と加藤が思ったその瞬間〈バリバリバリバリ〉とマシンガンが炸裂し、同時に〈ガッシャン、ガチャン〉とガラス瓶の類が砕ける音が鳴り響いた。一瞬何が起きたのかわからない。

自分が撃たれたのか？　いや、どうもそうじゃない。

音がしたのとほぼ同時に、賊の二人は飛び出して逃げ去った。するとすぐに入れ替わるように、同じような覆面をした男たち三人が今度はピストルを持って入ってきて、再び、

「フリーズ」と叫んだ。

その時男の客は全員立ったままだったが、女の客はカウンターの下に伏せてギャーギャー泣いていた。

男客の一人が両手を上げたまま英語で、

「おれたちは客だ、何の関係もない」と言うと、

「うるさい」というう感じのアラビア語を叫んで、〈パーンパーン〉と乾いた音を立てて二発、下に向けて威嚇発砲をした。明らかに苛立っている。

加藤の腿と膝のあたりがぶるぶると震えた。

震えながらカウンターの中をそっと覗き見ると、店のオーナーらしい男と体格のいいバーテンが血まみれで倒れている。バーテンの顔半分がなくなってザクロのようだ。うんともすんとも、何の苦しみの声も聞こえない。至近距離からのマシンガンの威力をまざまざと見せつけられた。

この三人組は二人の死を確認するとすぐに店から出て行き、またまた、入れ替わりに今度は赤いベレー帽をかぶり顔ははっきりと出している四人組が入ってきた。

「またか……しかし待てよ、赤いベレー帽はセキュリティーフォース（治安部隊）の象徴だったばい。もしかしたら助かるかも知れんぞ」と鍋島が加藤にそっとささやいた。

鍋島が思った通りこのベレー帽はセキュリティーフォースであり、現場検証が始まった。するとなんと！　カウンターの下には二丁のマシンガンが置いてあった。

もし店の中で撃ち合いになっていたら、と加藤はあらためて背筋が凍った。

やがて鍋島と加藤は客であり日本人であることがベレー帽達により確認され、他の客と共に解放された。その間どの位の時間が経っていたのであろうか。あっという間の出来事だったのだろうが、加藤にはかなり長い時間だったように思われた。

外へ出ると珍しく雨がふっていた。二人はさめやらぬ恐怖に震えながら雨の中を、後ろを振り返らず、走らず、しかし急ぎ足でコモドールホテルへ向かった。

「鍋島さん、やばかったばってん、助かったばい」

「うん、助かったたい、良かったばい」

そしてホテルから鍋島はタクシーで家に帰った。

加藤はホテルの部屋に戻りベッドに横になるや、震えが止まらなくなった。そしてあらためて呟いた。

「あー、助かったぞ。心臓が口から飛び出すような感覚とはあのことだな」

日本に残している妻と二歳と〇歳の子供の顔が浮かんだ。まかり間違えば取り返しのつかないことになるところであった。

それにしてもマシンガンの威力はすさまじい。あの大男がうんともすんとも言わず即死である。

その夜は夜半からまた、マシンガンとロケット砲の音が明け方まで鳴り響き、再び一睡も出来ぬ夜を過ごした。

翌日判明したところによると、バーのオーナーとバーテンはクリスチャンコマンドのメンバーであり、昨夜の事件はムスリムコマンドが二人を襲撃したとのことであった。

重要なポイントとしては、

〈この襲撃の要因は相手がクリスチャンだったという宗教的な面よりも、自分の仲間が殺されたことに対する報復という側面が強かった〉という現地メディアの報道である。

いずれにせよ、明確な目標を持って、その目標だけを殺す目的であったことと、バーの中で撃ち合いにならなかったことは鍋島と加藤には幸運であった。

市街での銃撃戦はその後も、終わったかと思えばまた始まり、また止むということの繰り返しであった。

ニホンタイヤ・ベイルートオフィスのあるリヤドソルフ広場にもいよいよ危険が迫ってきた。そこで比較的安全とされていた海側の、インターコンチネンタル・フェニキアホテルとホリデーインホテルの二つのビッグホテルに挟まれたオフィスビルに移転した。

ところが運の悪いことに、このインターコンチ・フェニキアホテルとホリデーインホテルに各々の対立するコマンドが立てこもり、激しい撃ち合いが始まった。

ニホンタイヤ駐在員は全くオフィスに近づくことが出来なくなり、ついに家族を日本へ帰し、再び各々の担当地域に散ることとなった。

加藤はこの時点で処遇が長期出張から駐在に切り換わり、通常であれば家族を呼び寄せることが出来るが、もちろんそれどころではない。

カイロを当面の拠点とし、北アフリカ、東アフリカの諸国のどさ回りをすることになった。

レバノン内戦は更に混迷の度を深め、超豪華ホテルであるインターコンチ・フェニキアホテルとホリデーインホテルがクリスチャン・コマンド、ムスリム・コマンド双方の拠点となり、銃撃戦が繰り返された。

程なく両ホテルの間にあるニホンタイヤ・ベイルートオフィスの入ったビルは蜂の巣となって崩壊した。

東京本社はついに一九五九年から十七年間、中東ビジネスの拠点としていたベイルートオフィスの閉鎖を決定した。

同時に、その機能をヨルダンのアンマン、UAEのドバイ、そしてエジプトのカイロの三ヶ所に分散することとした。

エジプトには東京本社から森本が営業駐在員として赴任し、技術の加藤と共にカイロ駐在員事務所を開設し、そして住居をセットアップして家族を呼び寄せた。


かように戦争や紛争というものは、始めるきっかけには大義名分が欠かせない。しかし始まってしまえば親や兄弟、家族、友人たちが犠牲になり、その報復合戦で当初の目的とは関係なく争いが続いていく。

アルジェリア独立戦争も同じであろう。ハリール氏の父親が、独立を阻止しようとしたフランス人になぶり殺しにされたことに対して、いつかどこかで何らかの形で仕返しをしようと思っているに違いない、と加藤は思った。

十一、　報告書改ざん

ハリール氏の心情に思いを馳せていた加藤を、浜中部長が咎めるように言った。

「おい、加藤、何を考え込んでいるんだ？　へたな考え休むに似たりだぞ」

加藤はハッと我に返った。

「はい、すみません、レバノン内戦のことを思い出していました」

「今はそんな思い出に浸っている場合ではないだろう」と浜中は叱った。すると加藤は、皆が驚くような発言をした。

「いえ、レバノン内戦のことから、アルジェリア独立戦争に対するハリール氏の心情を考えていたのです」

「何だ、それは？」今度は関根課長が聞いた。関根はレバノン内戦の時に、ベイルートオフィスの日本側支援室長だったので、その経緯はよく知っている。

「アルジェリア独立戦争で父親がなぶり殺しにあったのなら、彼の心がフランスに対する復讐心で一杯なのは想像出来ます。彼は、出来れば銃器を使って報復したいところでしょう。だけどそれは許されない。彼はそれを我慢して、ブーメ大統領の方針に従ってビジネスでフランスを締め出すことで復讐を果たそうとしているのだと思います。そのことを考えていました」

加藤は関根の質問にそう答えた。

するとの関根は、

「それならば浜中部長の最初のご意向に戻るが、ハリール氏の提案に沿ったレポートを出して、フランソワタイヤを早く締め出した方が、彼の悲願にも近づくし、また彼自身が提出するであろう報告書の〈二万キロメートル到達〉との整合性もつくではないか」と詰め寄った。しかし加藤はそれに同意しないで更に言った。

「重ねて申し上げますが、そうではあっても嘘の報告を書くことは躊躇します。だから苦しいのです。それにハリール氏は報告書を出さないような気がします。わざわざリスクをとってまで自分の立場が悪くなるようなことはしないで、そのリスクは我々ニホンタイヤに負わせるつもりのような気がします」

それを受けて浜中部長は怒鳴りつけた。

「わかったようなことを言うな、加藤。これは部長命令だ。二万キロで報告書を出せ。そして今回入札で大量受注を勝ち取るんだ」

「……」


浜中部長のあまりの剣幕に、いや理不尽な命令に加藤は黙った。

それを見て、浜中部長は関根課長に指示した。

「関根君、本社の宗像海外本部長にテレックスで本件のポイントを報告して了解を取ってくれ。くれぐれも虚偽の報告書とかデータ改ざんとか誤解を与える表現はしないようにしてくれ」

この日の打ち合わせはこれで終了し、関根課長は東京本社宛のテレックス文面の作成、加藤はしぶしぶ石油公団宛のテスト結果報告書の作成に入った。走行距離はハリールの提案通りとした。

ニホンタイヤ東京本社の宗像海外本部長からの返信のテレックスが翌日午後に届いた。それによると、

「技術サービス部とも打ち合わせた結果、走行キロメートルは石油公団側の指示通りとされたい。宗像」とシンプルなものであった。

これによって加藤は、報告書ドラフトの空欄に、現在走行距離を一台は二万一千キロメートル、二台目は二万二千キロメートルと、忸怩《じくじ》たる思いで記入した。そして、報告者はニホンタイヤ株式会社、エンジニア加藤清武として提出した。

賽は投げられた。

一方、入札に対する応札の準備も進めなければならない。浜中部長が基本的考え方を述べた。

「フランソワタイヤが締め出されることで、他社はチャンスと見て、砂漠用タイヤはなくても、一般量販タイヤを狙ってかなり競争力のある価格を提示してくるだろう。我々はそれを想定してオファーしなければならない」

「東京から持ってきたオファー案でぎりぎりの採算です、部長」と関根課長は言いながら、

「価格交渉となった場合の下げる余力はほとんどないよなあ、森本君」と言った。森本営業担当カイロ駐在員は、

「はい、赤字ではありませんが、ほとんどチャラパーです。但し、受注出来れば増産による生産コスト削減効果が出ますから、それをどう見込むかですね」と答えた。

すると浜中部長は、

「我が社の生産部門のコスト計算は、増量にすぐに対応出来るシステムにはなっていないぞ、森本君。減量になったらすぐコストが上がるが。まあこれが我が社の問題でもあるし、堅実なところでもあるのだが……」

と、自分を納得させるように言った。

現在の市場価格や他社の予想オファー価格、それにニホンタイヤ社が頑張れるぎり

ぎりの価格を、想定受注本数別に割り出す作業を、東京本社の担当部署とも国際電話ホットラインを結んで検討を重ねた。

そうして、果たして入札に勝てるかどうか、全員が一抹の不安を持ったままで締め切り一日前の八月三十日に石油公団へオファー書を提出した。

二つ目の賽も投げられた。

あとは結果を待つのみであり、浜中部長と関根課長は東京へと引き揚げていった。

加藤は森本と共に駐在地のカイロへ戻ることも考えたが、砂漠用タイヤ以外の一般タイヤや鉱山用タイヤ等の使用現場調査もやっておく必要があると判断し、もう一週間滞在を延ばすことにした。

森本カイロ駐在営業担当も加藤と行動を共にするのを希望したが、エジプトでの別のアポイントが決まっているために、やむなくカイロに戻った。

加藤はホテルを引き払い、再び七洋商事の独身寮にお世話になることとした。

そして井原と共にバス公団や鉄鋼公団などを精力的に巡回した。これらはすべて石油公団が輸入したタイヤのエンドユーザーである。だからいずれはニホンタイヤが使われる可能性があるので、使用実態の調査はしておかなければならない。

今回の加藤の滞在は金曜日の休日を挟んでいた。ゆっくりとした休日は久しぶりであり、彼は井原が用意してくれたハムエッグ、トーストと牛乳で遅い朝食を取った。

「さて、今日はティパザのローマの遺跡でも見にいくか」と井原が言った。石油公団のタイヤの入札で意見が対立した井原と加藤だが、もうやるべきことはやり、あとは結果を待つだけだから二人ともこの件についてはあえて何も語らない。

そこへ熊田が起きてきた。

加藤が前回この寮に泊った時は、熊田の帰りが遅くて話をする機会がなかった。熊田は日本の機械メーカーからの派遣者であり、七洋商事がアルジェリアから受注した工作機械の設置が終われば帰国となる。

加藤は、「ニホンタイヤの加藤です。またこちらにお世話になっています」と熊田に挨拶をした。熊田は、

「ああ、どうも」とぶっきらぼうに返した。

井原はすぐにハムエッグとコーヒーを熊田の前に置いて対面に座った。

「おれの分も作ってくれてありがとう。だけど気を使わなくていいよ」と熊田は言った。

「そうですか。でも手間は同じですからこれからも一応作っておきます。気にしないで食べてください」井原はそう言いながら、

「ところで熊田さん、夜はいつもどうされているんですか?」と、かねてから聞きた

いと思っていた質問をダイレクトにぶつけた。

「カスバに女のいる飲み屋を何軒か見つけたんで、そこに飲みに行ってるんだ」

「今度、連れていってくれませんか？」井原がそう頼むと、

「おれと違ってエリートコースを歩んでいる君たちの行く場所ではない。やばい所だから」と熊田はやんわりと断った。

「いえ、ご一緒させてください。私は熊田さんを公私共にしっかりとお世話するように言われていますから」井原は頭を下げてお願いをした。

「そうか、エリートの君がそんなに言うんなら今夜にでも行くか？」熊田は頭を下げられて気を良くしたようだ。

「是非お願いします。加藤さんもどう？」

「是非宜しく」

ということでその夜、熊田と井原、加藤は、寮にあるカップ麺を掻き込み、九時頃にタクシーを呼んで出かけた。

十五分ほどで着いた所はカスバの入り口だ。

北山所長にカスバは危険だから近づくなと言われているが、これは熊田付きという仕事の一部であり、市場調査の一環でもある、と井原は自身を納得させた。

「帰りはどうするんですか？　熊田さん」井原が聞くと、

「ホテル・アレッティがすぐこの下にある。そこでタクシーを呼べる。心配するな」

「あッ、あのジャン・ギャバンの『望郷』に出てきたホテルですか！　帰りの楽しみが一つ出来ました」と、加藤も井原も小躍りした。

十二、 カスバでの再会

アルジェ市の街並の美しさはフランスの影響下にあった時間の長さと深さを感じさせるが、隣接したカスバの異様なたたずまいは実に対照的だ。

この特殊なデザインと機能を持った街は、時をフランス統治時代から更に遡ってオスマン帝国の支配下にあった十六世紀から十九世紀初に誘《いざな》ってくれる。

カスバはオスマン帝国時代に造られた砦だそうだ。

山が地中海に迫る斜面に造られたこのカスバの中には、住居がお互いに寄り添うようにびっしりと密集し、そこを縫うように暗くて狭い階段道が複雑に交差している。まるで迷宮のようだ。

この中に住むのは現地人だけかと思いきや、スラブ、中国、ベトナム、黒人なども数多く、さながら無国籍街の様相をも呈しているようだ。

その複雑な階段道を熊田は右に左にすいすいと登っていく。今まで嗅いだことのない匂いを含んだ空気が、身体にまとわりつく。

建物からさっと手が出てきて、中に引きずり込まれたらどうにもならないな、と井原は恐怖心を覚えて身構えた。

加藤の方は駐在地である雑然としたカイロの旧市街や、ベイルートの内戦を体験しているので、井原ほどの驚きはなかったが、それでもやはり緊張で武者震いするのを覚えると同時にサムエル・ウルマンの『青春』の一節を思い出した。

この恐怖心と戦うことが青春そのものであり、ある種の快楽なのかも知れない。

通りがかりの男が、珍しい動物でも見るように三人の日本人を見つめた。

階段を登りながら何回か曲がって、全くひと気のないスムスムという妙な名前の通りに出た。そこに『モナムール』とほんの小さな看板が出ているカフェバーらしい店があった。

「他にもあるが、今夜はここにしよう。ちょっと高いけどな」と言いながら、熊田はその扉をノックした。

しばらく間があって扉が開いた。

中に入ると薄暗い部屋の奥にカウンターがあり、そこに五人の先客が井原たちに尻を向ける形で、立って肘をついて飲んでいた。カウンターの右端が開いていたので、三人はそこに陣取った。

井原はさっと店内を見渡した。

フロアにはパチンコのようなゲーム台が一台あり、そこでアラブ人風の男が一人で遊んでいた。フランスのカフェバーにもよくある極めて子供じみたシンプルなゲームだ。パチンコ玉より大きい、ピンポン玉より小さな白いボールを仕掛けの頂上へ向けてはじき出す。ボールは頂上からいろいろな障害物に当たり、キンコンカンコンと音を立て、点数を稼ぎながら下へ降りてくる。その合計点数をより多く取って遊ぶゲームらしい。

その横に小さなテーブル席が二つあるが、そこには誰もいなかった。

客の六人は、アラブ人風が二人、白人が二人、アジア人風が一人ともう一人は黒人だった。人種のるつぼといわれるカスバらしい構成だ。流れている音楽はアラブ系の音楽で、リズムに合わせて身体を動かしている者もいる。

カウンターの中に女が三人並んでいた。

天井からカラフルな照明が動き、時々女の姿を浮かび上がらせる。二人の女は金髪で、着衣は身体の線を強調したかなり挑発的な恰好だ。一番遠い端の女は長い黒髪でアジア系の顔立ちに見えた。普通のワンピースを着て、ずっと下を向いてグラスを磨いている。

目の前の金髪女に熊田はコニャックをオーダーしたので、井原も値段が気になりながら「モアオシ」（私も同じもの）と注文した。加藤もそれに倣った。

熊田が一口なめるように飲みながら、

「ここは高級だから外人しか来ない。現地の人間には国営の安い娼婦宿がある。そういう場所を作っておかないと性犯罪が増えて困るらしい。ところであの一番向こうの女は美人だろう。ベトナム人らしいが」と言った。その気配を察してか、黒髪女がちらっとこちらを見た。

その顔を見て井原は息を飲んだ。さっちゃんじゃないか？　そしてじっとその女を見つめていたが、女は特に反応を見せない。

「シャンパンを開ければ女を連れ出せるぞ。といってもこの上の階に行くだけだけどな」と熊田が説明した。

「シャンパンは高いでしょう」と井原が聞くと、

「フランス・フランで千フランだな。アルジェリアン・ディナールはここでは通用しない」

「二万五千円ぐらいですか。確かに高いですね」そう井原が言うと、

「その上、女に払うのが同じくらいだ。だから合計約二千フラン。その内、女の取り分はわずかだろうな。君たちは一流会社の高給取りだから二千フラン位払うのはどうってことないだろうが、あのベトナム女には手を出すなよ。おれが狙っている女だから」

こいつは何をバカなことを言ってるんだ、と井原と加藤は多分同じことを思って目を合わせたが、口には出さない。

井原は思い切ってそのベトナム女のいる方へ移動して、

「もしかしたら前野サチさんじゃないですか？」と日本語で聞いた。

女は反応せず、

「ジュマペール　キャシー」（私の名前はキャシーです）と言った。

その時、カウンターの奥の扉が開いて一人の女が出てきた。その顔を見て井原はまたまた驚愕した。

「クリスチーヌじゃないか！」

「お久しぶりダイスケ。彼女はサチに似てるけどサチじゃないわよキャシーだぜ。だから日本語わからない」と、クリスチーヌはキャシーの方を見ながら言い、

「あっちに座ろうぜ」と、なつかしい面白い日本語で井原をテーブル席の方へ誘った。

キャシーは相変わらず無表情でグラスを磨いている。

井原はテーブル席に移動して座り、

「そうか、よく似た人がいるもんだ。ところでクリスチーヌ、君はどうしてここに？」

と聞いた。

「前に言ったでしょう。私はアルジェリア系フランス人だよ。だからアルジェリアに

戻ってきただけ。でも本音は、アルジェに来ればもしかしたらダイスケに会えるかも、と思ったの。それが実現して嬉しいぜ」

「いいかげんなことを言うなよ。ところでおれのつれを紹介する」井原は加藤と熊田をテーブル席へ誘った。クリスチーヌは、

「クマダさんは時々この店に来るから知ってる」と言って、「ムッシュ・クマダ、ボンソワール」と挨拶した。熊田は、

「なんだ、知り合いだったのか」と言いながら、加藤とテーブル席へ移った。

普段は不遜な態度をしている熊田だが、妙に殊勝な態度で、

「ボンソワール　クリスチーヌ、サヴァー?」(元気?)と挨拶した。その落差がおかしくて井原がくすっと笑った。熊田が怖い顔で井原をにらんだ。

この時加藤がクリスチーヌをじっと見つめていたのには、井原と熊田は気づかなかった。

クリスチーヌと井原は少しパリの思い出話に花を咲かせたが、彼女の仕事は店の表舞台ではなく裏方だそうで、ほどなくまたカウンターの奥の扉から消えた。

「カウンターの背後に部屋があって、そこから店内を監視しているんだ」と熊田は言って、「さあ、引き揚げよう。ラディション　シルヴプレ」と、勘定を頼んだ。

「えっ、もうですか?　熊田さん」と井原はあきれ顔だ。一人二百フラン(五千円)だっ

た。

「こういう所は、やっぱり現地通貨は通用しないな。フランを持っといてよかったよ」

井原はそっと加藤に言った。

店を出る時に井原はちらっとベトナム女を見たが、彼女は下を向いて仕事をしているままだった。

熊田は、

「おれはもう一軒別の店に行くから、君たちは帰っていいぞ。ここからひたすら海へ向かって階段を降りればカスバの出口だ」と言って別れた。

これが井原と加藤にとってのカスバ第一夜であった。

熊田の言った通りに、暗い階段を右に左にとにかく地中海を目指して降りていき、二人はなんとかホテル・アレッティにたどり着き、タクシーで独身寮に戻った。

井原は自分の部屋のベッドに横たわり、あの黒髪のベトナム女は前野幸ではないのか？　でもあんな所に彼女がいるわけがない、と、自問自答を繰り返した。

一方、加藤の方もベッドにあおむけになり、天井を見つめながら、あのアルジェリア系フランス人の女はどこかで見たことがある……

何かが喉にひっかかったような感覚のままで、翌々日の便でカイロへ戻った。

その後、井原は熊田に二、三回付き合って、カスバの怪しげなカフェバーを数軒回った。

熊田はいつも飲んでいる内に女と何処かへ消える。井原は一人で狭い暗い階段を下り、ホテル・アレッティからタクシーで独身寮へ戻ることを繰り返した。どうしてもこのカスバの異様な雰囲気の中で女を買う気にはなれなかった。

ある夜、井原はモナムールへ一人で行ってみた。

相変わらずベトナム女のキャシーはカウンターの中の左端にいて、下を向いて手を動かしていた。その時は茶系のワンピースにエプロンをつけていたがよく似合っていた。首からは多分本人の名前であろう、アラビア語の文字がかたどられた金のネックレスが下がっていた。

井原はキャシーの前のカウンターに肘をついてブラディーメアリーをオーダーした。キャシーは、グラスにウォッカとトマトジュースに塩、こしょうを加え、更にタバスコを一滴落してかきまぜた。レモンをスライスし、グラスのふちにかけて「シルヴプレ」(どうぞ)と、差し出した。

ブラディーメアリーにタバスコは不思議によく合う。ウォッカとタバスコのコンビが、喉にピリリとしみる。

井原はキャシーと何か話をしたいとは思うが、きっかけがつかめず妙に意識をしてしまって言葉をかけられない。

コマンタレ　ヴー？　とかコモン　サヴァー？（いかがですか？）と、ありきたりの言葉をかければいいではないか、と思うが言葉が出ない。

キャシーの方も下を向いたまま、グラスを洗ったり、スナックを作ったりして手を休めることはない。

じっと黙って飲んでいると、シャンソンがジュークボックスから流れた。アダモの『トンブーラネイジュ（雪が降る）』だ。その歌声を井原が目をつぶって聞いていた時、突然、隣のアラブ人風の髪の縮れた男が、キャシーに向かって騒ぎだした。そしてカウンターに乗りあがって、彼女の髪をつかんで引っ張った。「キャー」という悲鳴が起こった。

井原は咄嗟に日本語、しかも九州弁で叫んで男を制止した。

「ぬしゃなんばしよっとか、やめんかい」

すると男は向きなおって、わめきながら井原の胸を突いた。背は高いが細身の貧弱な男だ。

井原は男の胸倉をつかみ反撃の体勢に入った。学生時代にアメラグで鍛えた身体だ。

「おれの女に手を出すな、こんアホが」

おれの女と言ってしまったが、こういう時は、はったりを利かせてあえて日本語でしゃべるに限る。

その刹那、クリスチーヌがカウンターの奥にある扉をあけて飛び込んでくると、追いかけて同じ扉から、がたいの大きい男が二人さっと出てきた。そしてあっという間に男の腕をねじあげて、外へ連れ出してしまった。クリスチーヌも同時にカウンターの奥の扉へ消えた。

鮮やかなものだ、用心棒か？　と井原が思っていた時に、

「申し訳ありませんでした。おけがはありませんか」と、一瞬場違いな言葉が聞こえた。日本語だ。

「えーっ、日本語？　やっぱり日本人……」

周りは既に何事もなかったかのように、黙々と飲みなおしながら、聞きなれない言葉の会話に耳を奪われている。

「あ、ああ、大丈夫です。で、あんたはやっぱり」

「はい、あのう……前野幸です。こちらではキャシーで通していますが」

「驚いたなあ、あまりに似ていると思っていたが、やっぱりさっちゃんか。こんな所で会うとは……」

「私もまさか井原さんがこの店に来られるとは思いもよりませんでした」

「クリスチーヌに会った時も驚いたけど、さっちゃんもなんでこんな所に？」

「そう思われるでしょうね。これにはいろいろと訳があるのですが、でもそれは聞かないでくださいさい、おねがいします」

　幸の顔がすこし曇り下を向いた。長いまつげが目を覆う。

「そうか、聞かないでおこう。大事なことは、ここでさっちゃんに再会出来たということだよ」

　と、井原はつとめて明るく言った。

「ところで、さっちゃん、さっきの男は、どうして暴れたの？」

「この店ではキャシーと呼んでください。あの人はよくこの店にみえますが、私はあんまり好きじゃないので話しかけられても無視していました。そしたら突然怒りだしたのです。ほんとにご迷惑をおかけしました。不愉快だったでしょう。井原さんがあの男をカウンターから引っ張り下ろしてくださったので助かりました」

「夢中だったので、よく覚えてないよ。ところであの時、すぐに奥からクリスチーヌと一緒にでかい男二人が飛び出してきたけど、あれはこの店の用心棒？」

「いいえ、事務所のマネージャーとスタッフです」と言いながら、幸は困ったようにまた下を向いた。


　九月も末になり、井原が担当する工作機械ビジネス、というか熊田の手伝い役は、機械の据え付けがすべて終了し稼働出来る体制となったことで終わりを迎えた。フルターンキー契約が完了したわけである。

浮名を流した熊田だったが、幸運なことに特に女とのもめごともなく無事にアルジェを発ち帰国の途についた。

タイヤの国際入札の方は、応札締め切りから一ヶ月が経つのにまだ結果発表がない。マーケットからはタイヤがない、という声もちらほら出始めている。

ニホンタイヤ東京本社海外部及び七洋商事本店物資本部からテレックスで「まだか、まだか」と問い合わせが連日北山宛に来ていた。

北山所長と大田原所長代理は交代で、石油公団のタイヤ入札担当局を訪問するが、「検討中だ。待て」との繰りかえしであった。

そうして、少しひんやりとする風が時折吹く十月半ばを迎えた。

首都アルジェは北緯三十六・八度の位置にあり、東京よりやや北になるので、地中海性気候とはいえ秋冬にはそれなりに冷たい風が吹く日もある。

井原はタイヤの入札結果が気になりつつも、新たに担当したプロジェクトに没頭していた。

夜遊びどころではない日々が続いていたが、ようやく少し余裕が出来たのでカスバのモナムールへ行ってみることにした。

店へ入ると、相変わらず五、六人の客とカウンターの中に三人の女がいたが、そこにキャシー、即ちサチの姿はなかった。

井原は落胆の気持ちを自分でもはっきりと感じた。そして北山所長が「カスバには近づくな」と言ったことが蘇り、やっぱり来ない方が良かったかな、と後悔の思いがこみ上げた。

そこにカウンターの奥の扉が開いてクリスチーヌが嬉しそうな顔をして入ってきた。

やはりカウンターの裏は客の監視部屋になっているようだ。

「ダイスケ　サヴァ?」（元気?）

「ウイ　サヴァ　メルシー　エ　トワ?」（元気だ、君は?）と、さりげなく挨拶をかわし、キャシーのことは気にはなったが聞かなかった。が、クリスチーヌの方から「今日はキャシーは来てないでございますよ」と言った。

何でおれにわざわざキャシーのことを言うんだ、と井原は訝しく思った。

そして彼女はすぐにカウンターの奥へ消え、井原は一杯ウイスキーを飲んだだけで早々に引き揚げた。

十三、身柄拘束

待ちに待ったアルジェリア石油公団のタイヤ国際入札の結果がついに発表された。一九七六年十月X日である。

北山所長、大田原所長代理、井原の三人の休日明けの朝のミーティング中にこのニュースが飛び込んできた。

そしてその結果を見て、北山が「なんだこれは！」と声をあげた。

なんとニホンタイヤの落札額は〈ゼロ〉であった。

北山は嘆息をつきながら、

「砂漠用特殊タイヤはまだ技術承認がとれていないのか？　それなら砂漠用タイヤが受注出来ないのはわかるが、それ以外の一般タイヤも一本も取れないとはどういうことか？」と、うめくように言った。

「確かに砂漠用タイヤの技術承認の連絡はまだ来ていません。何度も問合せしましたが『ちょっと待て』の繰り返しでした。しかしその他のサイズもゼロとは納得出来ません。すぐに石油公団の担当者に電話で確認します。いや、直接会って確かめます」と大田原が早速腰を上げた。

「大田原君そうしてくれ。僕は首を洗って待っているよ」北山はそう言い、手で首を切るしぐさをして苦笑いをした。

大田原は顔見知りの担当者数名に会って確認をしたが、どの担当者も一様に「発表された通りだ。間違いない」と言うだけであった。

惨敗である。

この結果はニホンタイヤ東京本社、七洋商事東京本店に衝撃をもって受け止められた。

そして早速責任を追及する声も出始めた。

もちろん、ニホンタイヤ・カイロオフィスにも同時にニュースが入った。

技術承認の確認がなかなかとれないでやきもきしていたところでのこのニュースに、加藤と森本は愕然として、早速アルジェ出張の準備にかかった。

二日後、二人はアルジェ空港に降り立った。パスポート・コントロールで森本はすんなり通過したが、加藤は引き止められて別室に連れていかれた。こんなことは初めての経験である。

加藤に何があったかを知らない森本は、先にパスポート・コントロール、バゲージクレーム、イミグレーションをいつも通り通過して到着ロビーに出た。

そこに待っていた運転手のシャドリと共に加藤を待った。

しかしいつまで待っても出てこない。

何かあったと感じたシャドリが知り合いの空港係官に聞いたところ、「理由ははっきりしないが、加藤は空港公安官に逮捕されて護送車でアルジェ市に連れていかれた」との情報を得た。

何が起きたのか？

どうすることも出来ず、森本はシャドリの運転で七洋商事のアルジェオフィスへ向かった。

森本が空港での出来事を北山所長に説明すると、北山はすぐに在アルジェリア日本大使館に電話を入れた。

一時間ほどして大使館から北山に呼び出しの電話があり、すぐに北山と森本はそちらへ出向いた。

日本大使館の書記官の説明によれば、

「加藤から在エジプトアルジェリア大使館へ入国ビザの申請があり、申請通りビザを発行した。そして彼が入国した本日直ちに身柄を拘束し、アルジェ市内の入国管理局へ留置した。罪状は〈国に対する重大な虚偽報告〉である。一両日中に送検されて起訴され、そののちに裁判という手続きとなる。日本大使館としては、加藤氏に対する丁重な扱いと、弁護士をつけること、そして公正な裁判を申し入れた」とのことであった。

大変なことが起きてしまった。加藤はまさに『飛んで火に入る……』だったのだ。大使館から戻ると、北山所長は懇意にしている石油公団の総裁次官に緊急面談を申し入れた。

森本は大使館で得られた情報をニホンタイヤ東京本社にテレックスを入れると同時に、関根アフリカ課長の自宅へ国際電話を入れて報告した。

石油公団総裁次官とのアポイントは翌日に取れて、北山所長と森本が公団へ出向いた。北山は面談した石油公団次官に、加藤が拘束されたことはあえて伏せて聞いた。

「今回のタイヤの国際入札でニホンタイヤへの注文はありませんでした。理由を教えていただけませんか」

「ニホンタイヤへはかなりの金額を発注することで一旦は確定した。しかしその直後にカトーというエンジニアのテスト結果報告書が虚偽の報告であることが判明した。従って急遽発注予定をキャンセルした。以上だ」と、次官は問答無用の姿勢で説明した。そして、

「私は次のアポイントがあるから失礼する」と言って応接室を出ていった。

二人はしばし呆然としてその場を動かなかったが、やがて係員に退室を促され、すごすごと引き上げざるを得なかった。

オフィスへ戻るとニホンタイヤ本社から森本宛にテレックスが入っていた。文面は、『可及的速やかにアルジェリアを出国しカイロへ帰任されたしアフリカ課長関根』となっていた。

森本は加藤を見捨てて自分だけ出国するわけにはいかないと思い、すぐに関根に国際電話を入れた。

そして森本は石油公団次官との面談結果を説明し、

「今はとにかく加藤君を解放させることが先決です。私はそのためにこちらに残ります」と主張したが、関根は電話の向こうで強い口調で、

「加藤君がエンジニアとしてテストタイヤを調査し、それをどう報告したかは我々ニホンタイヤは一切知らないことだ。君まで拘束されたらえらいことになる。すぐに出国したまえ」と指示した。

森本は「わかりました」と従わざるを得なかった。

会社ぐるみでデータを改ざんしたとなるのを絶対に避けたいんだな、と森本は理解し、北山所長にその旨説明し、その夜にローマ経由でカイロに戻った。

北山は森本との別れ際に、

「加藤さんの弁護士と通訳の手配は責任をもってやります。今後のことは予断を許しませんが、とにかく出来る限りのことはやります」と、決意を示すように言った。

「加藤がとにかく早く解放されるようにご尽力をお願いいたします」

と深く頭を下げて森本は去った。


身柄を拘束され勾留された加藤は、検事の取り調べを受け、国への虚偽報告書作成罪で起訴された。

検事にも、そして北山所長が手配した通訳付き弁護士にも加藤は一貫して、虚偽報告書を作成したことは事実であること、自分自身が考えて報告書を作成し自分のサインで石油公団に提出したこと、虚偽の報告は他の誰に指図されたものでもないこと、アルジェリアがフランスの影響力から解放されて真の独立自立を目指すという大統領方針に、砂漠用タイヤの立場で早く協力したいと思ってやってしまったことを供述した。

北山が手配したアルジェリアで超一流とされる弁護士は、

「タイヤの技術承認を早く取って手柄を立てようという意図はまったく無く、国際入札に間に合わせてアルジェリアの発展にタイヤ供給で協力しようとした姿勢は理解出来ます。その線を強調して、情状酌量を求める作戦でいきましょう」と言った。

裁判では検察側から〈データの改ざんで公団業務を混乱させ国家に大きな損害を与えた〉という側面が強調されて、有罪になる可能性が高くなった。

外人の犯罪に対する裁判だから、普通の裁判とは異なり、略式となるので、すぐに有罪が確定する可能性がある。裁判の傍聴も禁止されている。

第二回公判の証人尋問では、石油公団のエンジニアであるハリールが技術承認チームのチーフの立場で召喚された。

ハリールに対して検察側は、今回のテスト結果報告書に何らかの形でかかわったかどうかを質問した。それに対してハリールは、

「テスト実行に対する管理や調整にはかかわっていますが、報告書のことには何もかかわっていません」と証言した。

一方、弁護士はハリールへの質問で、

「あなたは今回のタイヤテストについては、被告人の送迎、テストの企画実行など深くかかわっていますね。当然テスト結果にもかかわっているんではないですか?」と聞いた。それに対してハリールは、

「もちろん、結果に興味は持っています。しかし結果報告書には一切かかわっていません」と供述。

　この公判後、弁護士は七洋商事アルジェオフィスを訪問し、裁判の成り行きと加藤の立場がかなり不利になったことを報告した。北山、大田原、井原は大きな危機感を覚えた。特に加藤と行動を共にしていた井原は、申し訳なさと共に、ハリールが嘘の供述をしていることを弁護士に伝えた。そして、

「ハリールの目的はフランスへの復讐に間違いありません。そのための一つの手段としてニホンタイヤを使ってフランスのフランソワタイヤをアルジェリアから締め出そうとしているのです。ですがこのままでは彼の目的は成就出来ません。だから弁護士さん、彼の復讐心を思い出させてください。お願いします」と訴えた。

　それを受けて弁護士はじっと考え込んでいたが、ようやく、

「わかりました。次回の最終公判でハリールを今度は弁護側証人として立たせるように努力してみましょう。最後のチャンスです」と、超一流弁護士としてのプライドをかけた決意を示すように言った。

　三人は一斉に、

「宜しくお願いします」と頭を下げた。

　弁護士はハリールと密かに面談し、今度は弁護側証人として再度裁判に出席する約束を取りつけた。

最終公判でハリールの証人喚問が行われた。公判といっても傍聴は許されない。裁判官、検事、弁護士、被告人と証人だけである。被告席で加藤はじっと目をつぶって弁護士とハリールのやり取りを聞いていた。

証言台に立ったハリールに弁護士が聞いた。狭い部屋に声が響きわたる。

「前回の公判であなたは加藤氏にテストデータの改ざんを要求した覚えはないと言われましたが、そうですか?」

「はいそうです」とハリールはことさらに胸を反らせて答えた。

「そうするとニホンタイヤの技術承認は入札に間に合わないのでフランソワタイヤを輸入せざるを得ない。それは大統領方針に反することになるとは考えませんでしたか?」

「そうなりますが仕方ありません」

「天国のあなたのお父さんはどう思っておられるでしょうか?」

そこで検察側が異議を発した。

「異議あり。証人の亡き父親は当裁判に関係ありません」

裁判長は弁護士に、

「証人の父親が本件に関係してますか?」と聞いた。弁護士は「大いに関係しています」と答え、裁判長の許可を得てハリールに同じ質問を繰り返した。ハリールは、

「父は大統領方針を早く実行してフランスをこの国から締め出して欲しいと思っているに違いありません」

「ハリールさん、あなたのお父さんの願いが先延ばしされたわけですね」

「そうなります」と言いながらハリールの顔がゆがんだ。弁護士はたたみかけた。

「あなた自身はどう思われますか」

「私も父と同じ思いです」とハリールはきっぱりと言った。弁護士は更に聞いた。

「アルジェリアにとって最も重要な物資の一つであり、且つフランス品が独占しているのが砂漠用タイヤだと聞いています。これを締め出すことは大統領方針の実現と、あなたのお父さんをなぶり殺しにしたフランスへの復讐の一環になると思いませんか？」

「いつもそう思っています」

「それを口に出したことはありませんか？」

「ありません」

そこで弁護士は井原から聞いたことをさりげなく持ち出した。

「あなたは加藤氏と井原氏が現場のオフィスにいた時に『報告書を二万キロで提出すればいいじゃないか』というような独り言を発しませんでしたか？」

ハリールは意表を突かれたような表情をした。弁護士が答えを促した。

「どうですか?」

「そういう独り言はよく発しますからそうだったかも知れません」

「ということは、あなたはそう願っていたということですね」

「そうです。でもそれはあくまでも独り言です」

ハリールのその答えに弁護士は我が意を得たりと意気込んでコメントした。

「ハリールさん、あなたは独り言のつもりだったかも知れませんが、近くにいた被告の加藤さんと彼の同僚の井原さんは、あなたからの指示と受け止めました。あなたも独り言といいながら、実際には指示と受け取って欲しいと思っていたのではありませんか?」

ハリールはズバリ心理を突かれてどぎまぎし、やがて涙を流しながら答えた。

「申し訳ありません。そう受け取って欲しいと思いながら言いました。私の父はフランスと正面から堂々と戦いました。それに比べて私は拙速でした。日本のメーカーに虚偽の報告をさせて早急にフランスをこの地から追い出そうとしました。父に対して顔向けが出来ません」

ハリールはついに心情を吐露した。

「ありがとうございます。あなたの言動をお父様は許されているに違いありません。あなたのその時の独り言兼指示を思い出す限り正確に言ってもらえますか」

「はい、『実際の走行キロメートルは一万五千キロ弱だが、承認基準の二万キロ走行として報告すれば良いではないか。そこまで問題なく走行することは確実なんだから』と言った覚えがあります」

「思い出していただいてありがとうございます」と弁護士は礼を言った。ハリールは退席した。

弁護士は裁判長の方を向き、静かに語った。

「証人ハリール氏の父親は、裁判長も良くご存じの通りFLNの闘士として独立戦争では常に最前線に立ってフランス側と戦いました。そしてアルジェ市街戦でなぶり殺しにあい市中にさらされたそうです。ハリール氏は父親の復讐をしたいと思いましたが、武器を使っての復讐は許されませんので、今回のフランス品締め出しで、復讐の代わりにもなると考えました。加藤被告はその背景を理解した上で、ハリール氏の独り言のような指示に乗ってフライングを犯したものです。この状況を鑑みて頂き寛大な処置をお願いしたいと弁護人は考えます」

裁判長はうんうんと頷きながら聞いていた。そして被告に向かって、

「最後に何か言いたいことがありますか？」と聞いた。

加藤はあらためて証言台に立ち、

「はい、今回のデータ改ざんにつきましては前にも申しましたようにハリールさんと

は全く関係なく、あくまでも私自身の考えでやったことであります。これを再確認したいと思います。申し訳ありませんでした」と言って加藤は深々と頭を下げた。あくまでもハリールと会社の立場を守るつもりらしい。弁護士はこれを聞いて一瞬渋い表情を見せた。

裁判長は、

「一時間の休廷後に判決を言い渡します」と宣言した。

そして一時間後に裁判長は判決を述べた。

「被告を一万USD（約二九〇万円）の罰金刑に処す。必ずUSDで支払うこと。被告の今回のデータ改ざんは公団業務に大きな混乱をもたらした。しかしその行為に至った背景には、汲み取るべき事情もあったと判断出来る。よって業務混乱による損害から情状酌量部分を相殺した罰金を課すものである。以上」

助かった。弁護人は一瞬、してやったりの表情を見せた。

そして弁護人は直ちに罰金支払いの手続きを取り、加藤は釈放された。

裁判中はまだ罪人と決まったわけではないから、加藤は拘置所住まいだった。だから待遇は食事も含めてそう悪くはなかった。しかし、アルジェリアの刑務所は日本人の加藤が住めるような所ではないらしいので、もし実刑になっていたら大変なことになるところだった。

弁護士によれば、

「ハリールの証言が大きな影響を与えた。また、フランス離れを宣言した今、最も関係を深めるべきは日本だと大統領が明言しているから、日本人に対しての忖度はあったようにも思われる」との見解であった。またアルジェリアの裁判制度についても、「まだフランスの制度が残っている。これが被告に対して公平な判決につながった。しかし近い将来この国の裁判制度は他のアラブ諸国にならった制度に変わっていくだろう。だから今回のようにいくとは限らない」とも弁護士は述べた。

一方、ハリールはこの証言と前回証言との齟齬により偽証罪に問われるところであったが『注意』で済んだそうだ。やはりハリール父親の偉大な功績を鑑みて大統領府からの圧力があったとの由だ。

何はともあれ、加藤が釈放された。結果良し。

その夜、七洋商事の北山所長、大田原所長代理、井原が加藤の出所祝い？を内輪でやった。

とはいえ、今回の入札で失注した事実は変わらない。全員心から祝える心境ではなかった。

加藤は、こうなったら一刻も早く実績としての二万キロ走行を達成して、なんとか巻き返しを図らなくてはならない、と思っていた。

十四、病床のサチ

カイロに帰任した加藤は、直面している案件を片づけると、すぐに再びアルジェリア行の準備を進めた。もう十一月も半ばになっている。

加藤の妻は「アルジェリアに行くのはやめてください」とすがるように懇願したが、そういうわけにはいかない。

加藤は再びアルジェ入りすると、いつも通りに通訳兼サポート役である七洋商事の井原と共に、石油公団チャーター便でオアルグラへ到着した。

オアルグラ空港には、先の裁判で加藤の弁護側証言をしたハリールが、いつものレンジクルーザーで二人を迎えた。

ハッシメサウド石油基地に向けて出発するとすぐに、加藤はハリールに証言のお礼を言った。するとハリールは、

「いや、おれの方が無理なデータ改ざんのお願いをして、あなたに迷惑をかけて申し

訳なかった」と逆に頭を下げた。そしてテストの状況を説明した。

「いつものトラックターミナルにテストの一台は待っている。先ずそれをチェックしてくれ。もう一台は別の場所にいるので、終わり次第そちらに移動する」

トラックターミナルに到着すると、加藤と井原は直ちにテストタイヤを点検した。それは十本とも前回と変わりなく、しっかりと働いていた。走行距離は一万八千キロと二万キロにもう少しの所に来ていた。

二人はすぐにオフィスへ行き、ハリールにその旨を報告した。

ハリールは、

「そうか、もう少しだな。ではもう一台のテストトラックがいる現場に行こう」と言って、また二人をレンジクルーザーに乗せた。

十キロほど離れた所に地表から炎が噴き出している。そこは新しい天然ガス基地のようで、その近くの臨時駐車場にもう一台のテストトラックは停まっていた。

加藤はタイヤ一本一本に、医者が聴診器を当てるように測定器具を使って点検をし、結果を声に出して言う。その結果を井原がノートに書き留める。そして写真を撮る。いつものルーティンだ。

先ほどの一台と同様に十本とも特に異常は見られない。走行距離は一万七千キロであった。

ハリールは一緒にその結果を見て、何かを計算していた。そして、「次回は一月だな。その時には二万キロを確実にクリアーしているだろう。巻き返しはそこからだ」と、独り言のように言った。

井原が『巻き返し』という彼の言葉を捉えて聞いた。

「ハリールさん、巻き返しとは何か教えてください」

「今は言えない。すべては次回の調査結果次第だ」ハリールは明言を避けた。

井原と加藤はその日の夜の便でアルジェへ戻り、翌日二人は北山所長と大田原所長代理に状況を報告した。

しかし既にタイヤ入札の結果は惨敗とわかっているので、二人共あまり興味を示さなかった。

その夜、井原と加藤はカスバのモナムールへ出向いた。

加藤は気乗りがしなかったが、調査に付き合ってくれたから、まあいいかと思い、井原に同行した。

相変わらず暗い薄気味悪い迷路に冬の冷たい風が通り抜けている。

モナムールの中へ入ると、キャシー、即ちサチの姿はなく、別のアラブ人風の女が、かつてキャシーがいたカウンターの左端に立っていた。

前回もいなかったから、辞めたのかも知れないな、と井原は思った。

そこに奥の扉からクリスチーヌが姿を現し、二人の所に寄ってきた。他の客が一斉に注視する。

その時、もやもやしていた加藤の記憶がクリアーに蘇った。そしてクリスチーヌに聞いた。

「あなたはパリでルノー5（サンク）に乗っていませんでしたか？」

「え、何で知っとるのかい？」相変わらずちょっと変わった日本語だ。

「やっぱりそうか。丁度私が通りかかった時に、あなたの車のタイヤがパンクしていたので取り替えてあげたことがあります」

クリスチーヌはしばらく考えていたが、

「ああ、あの時の親切なお方さま。あの時はろくにお礼も言わずにすまんことでした。急いでたから」思い出したようだ。

「助けていただいたついでに、ムッシュ・カトーにもう一つお願いがあるでやんす」

クリスチーヌは加藤に向かって手を合わせた。

「何ですか？」

「キャシーが病気です。お見舞いに行ってくださいませ」

「誰の見舞いに行くんですか？」加藤が確認するように聞いた。

「ここにいたキャシーよ。ご存じだわね」

キャシーの見舞いに行けとはどういうことだ？　しかも加藤に。井原は何かおかしいと感じて聞いた。

「何故加藤君がキャシーの見舞いに行かなければならないんだ？　クリスチーヌ」

「それはね、それはね……彼女は日本人だから」

「わかってるよ。彼女はサチだよ。先日暴漢がキャシーを襲った時に、おれは彼女を助けようとした。でもすぐに奥から二人の男が出てきてその暴漢を外に引っ張り出した。君も出てきたけど、キャシーが無事で、暴漢も捕らえられたとわかったら、またすぐに奥へ消えただろ。あのあとキャシーはおれにお礼を言って自分はサチだと告白したんだよ」と、クリスチーヌに言った。

「そうですわよ。彼女はサチよ」クリスチーヌは吐き捨てるように言って、テーブルに突っ伏して泣きだした。

　周りの客も、カウンターの中の女たちも、不思議なものを見るように彼女に注目した。だが日本語だから何を言っているのかは理解していない。

「どこにいるんだ彼女は？」と泣いているクリスチーヌの顔を起こして聞いた。

「このビルの三階の彼女の部屋にいるわよ」

「今から行ってもいいのか？」

「あなたはダメ。だからあなたの代わりにムッシュ・カトーにお願いしたの」

「何でだめなんだ」

「ダメなものはダメ。あなたはここで私と飲んでいればいいのです」

おれには行かせたくないらしい。そういえば彼女はパリでサチがいなくなった時に、

「私がいるからサチのことは気にしないでいい」とおれに言っていた。女心は微妙だ。

ここは加藤に様子見を頼むしかない、井原はそう思って、

「加藤君、サチというのはパリのおれの知り合いたい。本当にすまんけど行って様子を見てきてくれんね。おれはここでクリスチーヌと飲んどるばい」

加藤は複雑な男女の関係を何となく理解した。

「わかった。ちょっと様子ば見てくるたい。どこに行けばよかろうか」

するとクリスチーヌが、

「ご迷惑をおかけします。トイレの脇の階段を上がって三階でございます」と言って
加藤に部屋番号を書いたメモを渡した。

加藤がサチの所へ向かうと、井原はクリスチーヌにあらためて聞いた。

「何故だ、何故サチがこんな所にいるんだ」

クリスチーヌは下を向いたまま答えない。涙が止まらないようだ。

その時、カウンターの奥の扉が開き、いかにも屈強そうなあの時の男たち二人が井

原とクリスチーヌのもとへ来て、周りの客を動揺させないように静かに聞いた。

「ケスキス　パス？（何が起きたんだ）」

するとクリスチーヌはキッと顔を上げて、

「ヤナ　パ（何もない）アレー（行け）」と、追い払うように言った。

二人の男はすぐにカウンターの奥へ消えた。

周りの客たちは訝しげに成り行きを見ていたが、何でもないとわかって安心したようにそれぞれまた飲みだした。

クリスチーヌが井原に告白したのは、驚きの事実だった。

「実は、サチはフランスで私と旅行中に、ブティックの更衣室から、ある組織に連れ去られたの。そしてここに連れてこられた。それを私は手伝った。ここにいる女の子は皆どこかから連れてこられたですよ」

「なんということをしたんだ君は。何故サチが拉致されなければならなかったんだ？」

「あなたが彼女に心を奪われていたからですわ。彼女がいなくなれば、あなたが私の方を向いてくれると思ったのです」クリスチーヌは井原を見上げてキッとにらんだ。

「でも私が間違ってましたわ。ごめんなさい」と頭を下げた。

「サチの身体はもしかしたらずい分悪いのか？」

「どのくらい悪いのか私にはわからない」

「彼女の所へ行ってくる。部屋の番号を言え」

クリスチーヌがしぶしぶ部屋の番号を言うと、井原はすぐに行こうとした。

「待って、さっきの男たちが怪しむから、そっとトイレに行くふりをして行って。そして早く戻ってきて」

「わかった」

井原は努めてゆっくりとトイレへ行くふりをして、三階へ上がり、教えてもらったサチの部屋をノックした。中から、

「セ　キー？（誰？）と聞く声が聞こえた。「セ　イハラ」（イハラです）と答えると、少し間があって扉が開き、アルジェリア人らしいおばさんが顔を出し井原を招いた。

中に入ると加藤がドアの近くに、コーヒーを持って突っ立っていた。

中は六畳ほどのベッドルームとその横にキッチンがあり、トイレ付バスルームもあるようだ。

奥のベッドに寝ていたサチが驚いたように起き上がろうとしたが、おばさんが制した。そのおばさんはお手伝いさんで名前をファリダというらしい。

「見舞いに来たんだ、さっちゃん、大丈夫か？」

「ごめんね井原さん、わざわざ来てくれてありがとう。ちょっと気分が悪くなっただ

けよ、すぐ治るわ」サチはそう言ったが声には力がなく、ずい分やつれた感じに井原には見えた。彼は心配になったが、

「そうか、大したことなさそうでよかった」と、つとめて明るく言った。

加藤が、

「井原君ごゆっくり。おれは失礼する」と言って出ていこうとしたが、井原は、

「おれもすぐに戻らなければならない。さっちゃんまた来るよ」と言って加藤と一緒に去ろうとした。

サチはファリダに背中を支えられて、半身を起こして言った。

「加藤さん、井原さん、わざわざ来てくれてありがとう。今度はお店で会いましょう」

「うん、そうだね、また店の方で会えるといいな」と井原はいとまを告げた。加藤は立ったままでコーヒーを飲み干し、井原と共にドアの外へ出た。

二人は店へ戻ったがクリスチーヌはそこにはいなかった。ちょっと待ったが現れなかったので、一杯だけ飲んで勘定をして店を出た。

暗い階段をホテル・アレッティに向かって降りながら、井原は加藤にサチとの関係を説明した。

「今夜は申し訳なかったばってん助かった、ありがとう。実はおれが語学研修生としてフランスの田舎におった時に、サチはパリにある〈カルチェラタン〉ちゅう日本人

経営のクラブで働いとったたい。クリスチーヌも一緒だった。おれは月イチで会社に報告のためにパリに出てきて、その時にそのクラブに通った。クリスチーヌにはフランス語を教えてもらえるけんよく話したばってん、サチとはほとんど話したこつがなかった。遠くで見とっただけたい。もっともサチと話をすっとクリスチーヌがすぐに割って入ってきたなあ。思い起こすと」

「クリスチーヌはぬしをサチに取られんごつしたかったんだろうな。微妙な女心ばい。しかしその三人がアルジェリアのカスバで巡り合うちゃものすごく偶然たい。奇跡のごたる」

「いや四人ばい。君もクリスチーヌとはパリでタイヤパンクの時におうたんだろ。ほんとに不思議か縁ばい」

話をしているうちにホテル・アレッティへ到着し、そこでタクシーを呼んだ。

翌日加藤はカイロへ戻った。

井原はこの三日後に再びモナムールへ一人で行った。

しかしサチはまだ店に出ていなかった。クリスチーヌも顔を出さなかった。

井原はサチの部屋を訪ねることも考えたが、やはり一人で行くのは逡巡を禁じえなかった。

十五、タイヤ故障

一九七六年も大詰めを迎えた十二月下旬、七洋商事アルジェオフィスの北山所長に石油公団からとんでもない連絡が入った。

〈ニホンタイヤのテスト品の内二本が故障した。サハラの中でのタイヤの故障はドライバー及び同乗者の生死にかかわる。よってニホンタイヤの技術承認テストは中止する〉との内容であった。

このニュースはすぐにカイロの加藤にも入り、彼は「あーあ、一難去ってまた一難か」と独白し、営業の森本と共に急ぎアルジェへ向かったのは、十二月二十一日であった。

欧米や日本ではこの時期はクリスマス休暇に入るところで仕事をやるのが難しいが、アラブの国では関係ない。

アルジェ入りした二人は、早速七洋商事アルジェオフィスで善後策を打ち合わせた。しかし、テストタイヤの内二本が故障したというだけで、いつ、どこで、どうなったのか、さっぱりわからない。

打ち合わせ中に井原が直接ハリールに電話を入れた。彼によれば、「ハッシメサウド基地から南東ハッシラロック方面へ二十キロほど行ったところで後輪タイヤ二本が故障してトラックが動けなくなった。レスキュー隊が行ってスペアタイヤに交換した」とのことだ。

「故障したタイヤはどうしたのか？」と井原が聞いたら、

「砂漠の中に棄ててきた」

「取りに行って、ハッシメサウド基地のトラックターミナルまで持って来てくれませんか？　廃棄した大体の場所はわかるでしょう」と頼んだら、

「ダメだ。必要なら自分で取りに行け」とのことであった。

とにかく現物を見ないことには何もわからない。加藤、森本、井原の三人で急遽ハッシメサウドへ行くこととなった。

オアルグラ空港へは石油公団の運転手が車で迎えに来ていた。

なにはともあれ石油基地のオフィスへ行き、ハリールに面会を申し込んだが、彼は忙しいとのことだった。一時間ほど待っていると、ようやく会ってくれた。

ハリールに、タイヤが故障した時の状況を聞こうとしたが、

「二本故障したからもうテストは終わりだ。対策品を持ってくればまたテストをやるかも知れないし、やらないかも知れない」と、とりつく島もない。

加藤が戸惑いを抑えて質問した。いつものように井原が通訳する。

「対策品と言われても原因がわからなければ対策のしようがありません。先月の調査では故障の兆候は全くありませんでした。何故突然故障したのか理解出来ません。故障したタイヤは砂漠の中に棄ててきたそうですが、それを回収してこちらに持ってきてもらえないでしょうか。そのタイヤを点検したいのです。故障の詳細がわかれば対策計画が立てられます」

「砂漠のどこに棄ててきたのかわからないから回収出来ない」

「では自分たちで探しに行きますから、大体の場所を教えてください。お願いします、ハリールさん」

加藤の必死の願いにハリールはしばらく考えていたが、

「ちょっと待っててくれ」そう言ってワークショップの方へ向かった。

また一時間ほど待っているとハリールは、

「やあ、待たせて申し訳ない」と言いながら戻ってきた。手には地図を持っている。

「あんたたちだけで故障タイヤを探すのは難しい。テストタイヤが故障した時に現地

へ行ったレスキュー隊員の一人をつけるから、彼と一緒に明日現地へ行ってくれ。もしタイヤが見つかればこっちへ持ってきた方がいいだろうから小型トラックで行ってもらう。場所はこのあたりだそうだ」ハリールはそう言いながら地図を広げて指さした。それはここからハッシラロックというオアシスの方面へ向かって二十キロほど行ったところであり、前に電話でハリールから聞いた通りであった。

「メルシー　ボクー！」三人同時に声が出た。

「タイヤが見つかるといいけどな。ところでおれは明日から一週間の休暇に入り二十九日にここに戻ってくる。だからその時に結果報告を聞きたいが来れるか？　もしタイヤが見つからなければ来る必要はないが」とハリールは聞いた。これに対して加藤は、

「十二月二十九日ですね、もちろん来ます。ボン　バカンス（良い休暇を）　ムッシュ・ハリール」と言った。

三人はその夜、以前と同じ石油公団宿舎に泊まったが、欧米人技術者はクリスマス休暇に入っているのでがら空きの様子であった。

約束通り翌朝六時に迎えの小型トラックが来た。あたりはまだ暗い。ドライバーとレスキュー隊員一人が乗っている。

小型トラックは全輪駆動ではないが、比較的固い砂の場所を通るので問題ないらしい。

充分な水とサンドイッチ、万が一のための缶詰をたっぷり積んでいる。

言われた通りの平らな硬めの砂の連続なので、三十分ほどで現場付近へ着いた。

レスキュー隊員によれば「この辺のはずだ」と言うが、目標が途方もなく広いのでかいもく見当がつかない。とにかく隊員の記憶に頼って探して回るしかない。平らな地域なので見通しが良いのが救いだ。はるか遠くに砂のうねりが見える。双眼鏡で探していた隊員が叫んだ。

「あったぞ」その方向に近づいて行くと黒点が肉眼で確認出来た。だが一点だけだ。

「違うんじゃないかな」加藤がつぶやいた。二本同じところに棄てたということだから黒点は二点見えるはずだ。

近くに寄って行ったら一本のタイヤが棄ててあった。サハラXだ。じっくり点検したい所だが今はそれどころではない。

レスキュー隊員が独り言のようにつぶやいた。

「おかしいな、このあたりだったはずだが。風で飛んでいったかな」

それを聞いて井原が、

「頼りないなあ。あんなに重いタイヤがちょっとした風で飛んでいくわけがない。砂嵐でも起きて埋まってしまったら別だが、最近はそれはないし」と、イライラして言った。

十五、　タイヤ故障

更にウロウロと探し回った。何本かの廃棄タイヤは見つかったが、肝心のタイヤは見つからず時間ばかりが過ぎてゆく。

砂漠でダイヤモンドを見つけるようなものだから簡単ではないと覚悟はしていたが……。

最初は半径一キロぐらいだったが、徐々に範囲を広げていった。昼食もそこそこについに半径五キロまで捜索範囲を広げた。これ以上は砂のうねりがあるソフトサンドになるから普通の小型トラックでは行けない。

そろそろ陽が傾いてきた。冬の日照時間は短い。

その時レスキュー隊員が双眼鏡を覗きながら言った。

「あれだな、二本あるぞ」

また空振りかも知れないとあまり期待しないで近づいた。パターン（タイヤの踏面模様）を見れば加藤にはすぐわかる。

「あったぞ、これだ！」と叫んだ。レスキュー隊員が首をかしげながら言い訳するようにつぶやいた。

「おかしいな、こんなところではなかった。ソフトサンドが風で移動して景色がかわったんだな。もう少しでタイヤが砂に被われるところだった。危なかった」

確かに砂嵐ほどではなくても、風が吹けばサハラ砂漠の景色は変わってしまう。だから慣れたドライバーでも迷うことが多いそうだ。

加藤はすぐに点検を開始した。二本の内一本のダメージが激しい。パンクして引きずられた状態だ。セリアルナンバーを照らし合わせると後輪二軸の左内側に装着されていたタイヤだ。チューブも装填されたままになっておりかなりのダメージを受けている。フラップ（チューブとホイールの間に入れてチューブを保護するもの）はほとんどダメージは受けていない。

加藤はチューブバルブ（空気注入用金具）の位置のビード部にクレヨンでしっかり印をつけた。これでタイヤからチューブを抜いても両者の位置関係はわかる。

もう一本のタイヤのダメージは一本目よりも少ない。セリアルナンバーから後輪二軸の左複輪外側に装着されていたものだ。つまりこの二本は同じ後輪二軸左の内と外二本セットであったことが確認出来た。

棄てられた使用済みタイヤを数限りなく点検している加藤の目には、この二本の故障の経緯はすぐにイメージ出来た。

先ず一本目が何らかの原因でパンクした。後輪複輪のどちらかのタイヤがパンクした場合、ドライバーは気づかずに走り続けるケースが多いので、タイヤは引きずられてダメージが酷くなってしまう。

こうして複輪の一本がやられると、もう一本に二本分の負荷がかかり、やがてこちらも故障してしまう。複輪の二本とも故障すればトラックは停止せざるを得ない。

問題は一本目がパンクした原因が何か？　だ。

加藤は一本目のタイヤを入念に点検した。タイヤ全体にかなりのダメージを受けているので、故障の始まりの部分が判別しにくい。

彼はじーっと長い間故障箇所を見つめて考え込んでいた。

ドライバーとレスキュー隊員が明らかにイライラしている。森本がそれを察して加藤に聞いた。

「加藤君、どうする？」

「森本さん、私にはこの故障原因の判別は出来ません。そこで日本の技術開発センターから専門家に来てもらったらどうかと考えていたんです」

「なるほど、それが出来るなら石油公団にニホンタイヤの品質に対する真摯な姿勢をアピール出来るな」

「問題はタイミングです、森本さん。日本ではもうすぐ年末年始休暇に入ります。その間に海外出張が可能かどうかです。今日は十二月二十二日です。明日午前にアルジェへ戻って東京へ連絡し、最短でも出張者の海外出張決裁が取れるのは二十四日金曜、並行してビザを申請し、土日を挟んでビザ取得が二十七日月曜、二十八日に羽田を発ってパリ経由でアルジェ着が二十九日水曜、三十日朝ハッシメサウド着、午前中に故障タイヤを点検し、午後にハリール氏へ報告するという、ものすごい綱渡りのスケジュールになります。はたしてこれが可能かどうか？　これでもハリール氏が希望する二十九日の報告には一日遅れることになります。もしこれが無理ならば、実行は年明けとならざるを得ないですね」と、加藤はダイアリーを見ながら言った。そして更に、森本と井原に向かって、

「いずれにせよ技術開発センターの砂漠用タイヤ開発のスペシャリストが来て、故障の詳細を点検すれば、それが使用条件の問題か品質に起因するものかが判明する。使用条件によるものならば我々側の問題ではないので、残り十八本でテストを継続してもらう。品質起因ならば対策の方向性とスケジュールを提示して再テストをお願いする。どっちに転んでも、日本からわざわざ来て調査した結論であれば、公団側も考慮してくれると思います」と加藤は熱っぽく語った。すると井原が、

「わかりました。私はハリールの自宅の電話か連絡先を調べて、スケジュールが決まったら彼に連絡します」と言うと、森本は、

「今加藤君が言ったスケジュールでなんとかやってもらうように、海外本部長から技術開発センターのトップにスペシャリストの出張要請を出してもらうようにしよう。これは営業のおれが責任を持ってやりますよ」と言った。加藤は、

「お願いします。私はそのバックアップとして、二本の故障タイヤについて今日わ

かったことを東京に報告します」と言った。

そして彼らが二本のタイヤと共に石油基地への帰途についた時は日はとっぷりと暮れ、砂漠には夜の帳が下りていた。

三人は翌日の午前の便でアルジェに戻り、オフィスへ直行してそれぞれの役割を遂行した。

その後森本はアルジェからカイロに戻ったが、加藤はまた一週間後に来なければならない可能性があるので、エルビアールの独身寮に留まった。

折り返し東京から来た返事は、加藤が想定した通りの最短スケジュールで二十八日東京発、二十九日パリ乗り継ぎアルジェ入りの線で出張者を送り込むようにベストトライする、とのことであった。

加藤はそのテレックスに深々と頭を下げた。

ニホンタイヤ技術開発センターは材料部の神野をリーダーとして、構造設計部の村岡、実験部から筒井の三人の砂漠用タイヤ開発のスペシャリストを送り込んだ。これだけの陣容で緊急海外出張をさせるのは異例のことだ。

彼ら三人は一九七六年十二月二十八日火曜に東京を発ち、二十九日にパリ・シャルル・ド・ゴール空港に到着、荷物を受け取り、通関を済ませたあとオルリー空港へ移動した。このトランジット空港移動が慣れない旅行者には難しいが、三人は海外出張の経験豊富のようで、難なくオルリー空港からエールフランス機で二時間後アルジェへ到着した。長いフライトだ。

タイヤを切り刻むための電動カッターを持参していたので通関でトラブルとなったが無事に通過した。

その晩は三人と加藤はホテルオラシイに泊った。加藤は元々技術開発センターに勤務していたので、三人共旧知の仲であり、ホテルで再会を祝った。

翌朝、十二月三十日に出張者三人と、加藤、井原は、いつもと同じチャーター便でオアルグラ空港へ向かい、ハリールがアレンジした迎えの車でハッシメサウド入りした。三十日に現地入りすることは井原から休暇中のハリールへあらかじめ伝え、了解を取っている。

迎えの車の運転手によれば、先に故障品の点検をやってから、オフィスに報告に来てほしいとのハリール意向だそうだ。

彼らは早速ワークショップに保管されている二本の故障タイヤの点検を慎重に行った。

スペシャリスト三人の見解は、前回の加藤の見立てと同じであった。つまりダメージの大きい内側のタイヤが先に故障をして、外側のタイヤ一本に二本分の負荷がかかり、これも故障した。ここまではいい。では先にやられた内側のタイヤの故障の核は何か？

三人の見立ては加藤と同じで、タイヤのダメージがあまりにも激しいために故障の核がわからない、ということであった。

次に三人はチューブを点検した。これもタイヤの故障と共に大きなダメージを受けており、原因解明には至らなかった。

スペシャリストが三人わざわざ東京から来て、石油公団にどう報告するのか？ 帰国後、本社と技術開発センターにどう報告するのか？

「原因はわかりませんでした」と報告をしようものなら「お前たちはバカか。高い旅費を使って何しに行ったんだ」と言われるに決まっている。

彼らは途方にくれた。

念のためにもう一度故障を徹底的に調べることにした。

今回調査団のリーダーである材料部の神野は、前にチューブのゴム材料開発を担当していたことがあるので、チューブには人一倍関心が高い。

彼はチューブとフラップの方を何度も伸ばしたりひっくり返したり、バルブ周辺に接着不良がないかどうか等を丹念に点検していた。

そして何かを見つけたのか？

「おっ！」と、声を出した。

「おい、みんな、ここに何か傷があるようだ」

神野の声に一番若くて目がいい筒井がチューブのその場所を凝視した。

「確かに針で刺したような小さな傷がありますね、よく見ると貫通しています」

「よし、バルブの近くだな。筒井君そこにクレパスで、丸印をつけておいてくれ」と神野が筒井に指示した。

もう一本のチューブも入念に調べたが、そのような傷は見つからなかった。

「この穴はアクシデントで出来た傷ではなく、明らかに注射針のようなもので人為的に刺したものだ」と、神野が言った。

その言葉に加藤が、

「もしそうなら石油公団に厳重に抗議すると共に、犯人を調査してもらわなければならない。我々のタイヤに技術承認を取らせたくない者の仕業だろう」と怒りを露わにした。神野は、

「加藤君、チューブに針を刺すためには、装着されているタイヤを一旦取り外さなければならない。多分それはワークショップのタイヤ交換担当員しか出来ないだろう。故障当日の交換員が誰だったか調べればわかるのではないか。一人ではないだろう。そいつが誰かに頼まれてやったのかも知れない。犯人は誰かが気になるところだが、それはそれとして、チューブの不具合が今回のタイヤ故障にどうつながったのかを理

論構築しなければならない」神野はそう言って続けた。

「あの日トラックが出発する前に、誰かが後輪二軸の左側の二本をトラックから取り外した。そして内側の一本のタイヤをホイールから外した。それから更にフラップを外し、チューブに注射針のようなもので微小な穴をあけた。その後再びフラップとタイヤとホイールを合体させ、二本をトラックに装着し、空気を多めに充填した。トラックが出発すると、内側のタイヤの空気がじわじわと抜け出し、ほどなくパンク状態となった。ドライバーは気が付かずそのまま走り続けたために内側はパンク引きずり状態になった。その後外側のタイヤも持ちこたえきれずに故障した。そういうプロセスだな」

「神野さん、その線でハリールに説明してください。井原さんには今の神野の説明をフランス語に訳してもらわなければなりませんが、理解されましたか？」と加藤は井原に聞いた。

「よくわかりました」井原がそう言うと、加藤は、

「では皆さん、必要な写真とサンプルを取ったらハリールの所へ行きましょう」と促した。

村岡と筒井は急いで写真を撮り、持ってきたカッターを使って、東京へ持って帰るための必要なサンプルを採取した。

オフィスへ行くとハリールは待ち構えていたように、

「やあ、五人で来るとは、大デレゲーションだな」と、執務机の方から向かってきた。

「機嫌は悪くはなさそうだな」と小声で加藤は井原に言った。

ハリールに出張者三人の紹介をすると、

「それぞれの部門のスペシャリストが揃っているということは、ここで何らかの品質改良案とそのスケジュールが出せるということだな。だがあらためてそのテストをやるかどうかはわからないぞ。まあ座ってくれ」とハリールは打ち合わせ用のテーブルの席に座りながら機先を制するように言った。

井原はすかさず、

「ムッシュ・ハリール、故障タイヤ二本の検査結果から故障の原因がわかりましたので、先ずそれを報告したい」

と言って、神野と井原は故障の原因についての見解を、チューブの針穴の部分のカットサンプルも見せながらハリールに説明した。

ハリールはじっと聞いていた。

そしてしばらく考えていたが、ようやく口を開いた。

「ニホンタイヤの説明はわかった。考えていたのは誰がやったのか、やらせたのか、それをつきとめるかどうかだ。ニホンタイヤが技術承認を取れば困るタイヤメーカーは一社だ。だがそれを追求するのはかなり難しい」

「我々の技術承認はどうなりますか？」加藤にとっては犯人探しよりも技術承認の方が大事だ。

「二本を除いた残り十八本は一月半ばには走行距離が二万キロに達するだろう。その結果で判断する。つまりテストを継続するということだ」

ハリールがそう言って、更に続けた。

「ムッシュ・カトー、故障品二本については、さっきの君たちの説明の通りに報告書を、写真付きですぐに提出してほしい。ところでもう昼は過ぎているがドライバーを付けるから昼飯を食いに行ってくれ。おれはもう済ませた。そのあとどうする？」とハリールが聞いたので、

「ありがとうございます。我々は今夜のフライトでアルジェへ戻りますが、出発まで時間がありますので、トラックターミナルのタイヤを見たり、近くを少し走ってもらって砂漠の様子を東京の三人に見せたいと思います」と加藤が言うと、ハリールは、

「そうだな、せっかく東京から来たんだから、出来る限り見ていってもらおう。おれはつき合えないが、ドライバーは空港までつき合う。では次回会おう」そう言って五人と握手をした。

五人は急いで昼食を摂り、まずトラックターミナルに駐車しているトラックのタイ

ヤを調査した。もちろんすべてがサハラXで、東京からの三人の出張者にとっては、フランソワタイヤの強さを実感させられ、負けられないとの気持ちを新たにした様であった。

丁度一台のトラックが出発するところだったので、急遽それを追いかけてもらうことにした。

ハードサンドエリアでは時速七〇キロメートルぐらいで、すさまじい砂塵をあげて疾走する。後ろからついていけば何も見えないので並走する。やがてソフトサンドエリアに入ると、トラックのスピードは極端に落ちる。砂に轍《わだち》がくっきりと残る。タイヤはしっかりと砂を踏みしめているようだ。

海で船が揺れるように、砂のうねりに任せてトラックは上下左右に酔っぱらいのようにピッチ・ロールを繰り返す。うねりの底に入った時は、トラックが砂の中に埋まってしまったのではないかとハッとするほどに落ち込む。

東京から来た三人は食い入るようにその光景を見ている。

またたく間に空港に向かわなければならない時が来てしまった。我々はトラックに別れを告げてオアルグラ方面へ方向転換した。

空港に到着した頃に日没となった。砂漠の彼方に巨大な太陽がゆっくりと沈んでゆく。これもまた東京からの三人にとっては初めて見る光景だった。

アルジェに戻ると、五人はホテル・オラシイで夕食を摂った。そのまま加藤と東京の三人はホテルへ泊まり、ゆっくりと風呂で砂を落とした。

翌十二月三十一日は金曜日、ローカルスタッフもいない休日のオフィスで、石油公団向けの今回の報告書を全員で書き上げた。

以降の段取りとしては、東京からの三人の出張者の帰国フライトは、一月一日アルジェ発パリ行き、二日にパリ発東京として、ホテルで予約を取った。

そして年が明けた二日には街の店もやっているので、加藤と井原が写真屋に現像焼き増しを頼み、翌三日に報告書に写真を貼付して、ニホンタイヤ名で石油公団に提出することとした。

大晦日の夜は海岸のレストラン・シンドバッドでエビづくし料理と白ワインで年越しと解散会を五人でやった。

この時加藤は、

「せっかくの年末年始の休暇をつぶさせてしまって申し訳ありませんでした」と心から詫びた。

東京の三人は一様に、

「いや、こちらこそ一生に一度あるかないかの体験をさせてもらってありがたかった。サハラ砂漠の様子もちょっとだけわかったので、これから更に改良するヒントが出来た。ありがとう」とお礼を述べた。

そして飲んで食べてしゃべっているうちに、一月一日の零時を迎えた。

アルジェ港に停泊中の船から一斉に汽笛が鳴り響き、満員のレストランの客から一斉に〈あけましておめでとう、ボンナネ、クンロサナーオンタタイーブ！〉の声があがった。

この元日に出張者三人はアルジェを発って東京へと帰っていった。

十六、　技術承認獲得

出張者三人を見送った井原と加藤はしばし呆然としていた。

「脱力感とはこのことかな」と加藤が言うと、

「そうだな。とりあえずホテルに戻るか」と井原が言って、二人はタクシー乗り場へ向かった。元日から運転手のシャドリを使うわけにはいかないので、タクシーを使っている。

いつも多くの宿泊客でごった返しているホテルオラシイの広いロビーだが、この時期はさすがに欧米からの出張者や旅行者はほとんどいないので静まりかえっている。

「これからどうすっとかい?」と井原が聞いた。加藤は明日のフライトでカイロへ戻ることにしている。またすぐにこちらに来なければならないが。

「疲れたけん部屋で少し寝るばい。夜はどうするね?」と加藤が聞いた。

「そんな先のことはわからんよ、というのは映画『カサブランカ』のハンフリー・ボガードの台詞だが、ま、それは冗談として、夜はこんホテルのレストランで食おうか?」と井原が提案した。

「うん、そうしよう」

「ほんなら七時頃またここに来るたい。夕食のあとカスバに行ってみるか?」と井原は言った。

「よかばい」

二人は一旦別れた。


一月のカスバは更に暗くうすら寒い。アラブの一月一日はお祝いムードは特にない。モナムールが営業しているかどうか心配だったが、ちゃんと開いていた。中に入ると相変わらずキャシーつまりサチはいなかった。

すぐに奥からクリスチーヌが嬉しそうな顔で出てきた。

「ダイスケ、お久しぶりぶりだ。ボンナネ(新年おめでとう)カトーさんもお元気そうでございますわね」

「ボンナネ! ところでサチはどうしてるの?」コニャックを飲みながら井原が聞いた。

「相変わらず店には来れないようだわ。気になる?」

「ああ、見舞いに行きたいんだが」

「どうぞ、但しカトーさんも一緒に行ってね」

「見舞いに行くのに何も持ってきてないけど。途中で花屋も見当たらなかったし」井原がそう言うと、

「ちょっと待った」クリスチーヌはそう言ってカウンターの奥に消えてすぐに戻ってきた。手には花束を持っている。

「これを二人からと言って渡しなさい」

「ありがとう。いくらだ?」井原は財布をポケットから取り出した。

「いらないですわよ。但しお店のお勘定は払ってくださいませ」

二人は頭を下げてトイレから階段の方へ行った。

サチの部屋をノックするとまたあのファリダおばさんがドアを開けた。奥でサチが二人を見てにっこりと笑った。しかしやはり益々痩せたようだ。頬がこけている。

ファリダはもらった花をすぐに花瓶に入れる。

「元気そうで良かった。新年おめでとう」

「そうだわね、お正月ね、おめでとうございます。もう少しで店に出れるようになる

と思うわ」

「そうだよ、さっちゃん、次回は店で会えるといいね」

井原はそう言いながら、やはり女子の部屋に長居はためらわれるのか、加藤と顔を見合わせて、「それじゃあ、これで」と言いかかった。それをサチは察知して、

「残念ながらアルコール飲料はないけど。コーヒーでも飲んで行ってね」と言って、ファリダにコーヒーを用意するように指示した。

「ありがとう、じゃあ頂いていくか」二人はファリダが薦めた椅子に腰を降ろした。

コーヒーを飲んでいる二人に、サチはクラブ・カルチェラタンやパリの思い出を喜々として語った。しかしそれだけで疲れの色は隠せなかった。

井原は、

「さてと、コーヒーも頂いたし、さっちゃんの元気な顔を見れたからもう帰る。また来るよ」と努めて明るく言った。サチは今度は引き止めはしなかった。

店へ戻って勘定を済ませ、カスバの坂を下りながら加藤が、

「彼女は前よりもずい分痩せたばい。大丈夫だろか」と、言ったが井原はそれには答えなかった。

新年を迎えてもニホンタイヤや七洋商事の関係者には国際入札での惨敗の傷がいま

だ癒えず、新しい希望を抱くような心情にはなかった。

年始のニホンタイヤ人事異動で浜中海外部長は他のスタッフ部門へ、関根アフリカ担当課長は販売会社へ移動となった。アルジェリア入札失敗の責任を取らされたのかも知れない。

宗像海外本部長はそのまま残っている。

上を残して下を切る、所謂トカゲのシッポ切りで幕引きをしようとする。これが大抵の組織の倒錯した論理である。

七洋商事の方も北山所長や東京本店の担当室長に追って沙汰があるとのうわさが持ちきりであった。

加藤にとっても入札結果の責任は重々感じていたが、それよりも何よりも今気になっているのはテストタイヤのことだ。いよいよ二万キロメートルに達するところであり、戻ってきたばかりだが再びアルジェリア詣での準備をしなければならない。

思いがけず二本の故障が発生し、危うくテスト不合格の烙印が押され万事休すとなるところを、東京の技術開発センターからのスペシャリスト三人の緊急出張でなんとかしのいだ。

だがもちろんまだまだ油断は出来ない。残り十八本に何が起きるかわからない。

今回無事にテストをクリアーしたとしても、入札敗北という結果が出てしまった今となっては意味のないことかも知れない。只、前々回の調査の時にハリールが、「二万キロをクリアーしたら巻き返しはそこからだ」と言ったことに一縷の望みをつないでいる。

今回の加藤のアルジェ入りは一九七七年一月十五日となった。もう六回目となる。アルジェからオアルグラそして迎えのドライバーとハッシメサウドの現場へ向かうのもいつものルーティンである。

当初は途中にソフトサンド（ふかふかの砂）があり、タイヤの空気を抜いてゆっくりと走らなければならなかったが、今は少し遠回りになるがハードサンド（固い砂）のルートが出来て便利になった。

ドライバーは直接トラックのターミナルに二人を案内した。テストタイヤを調査したあとにハリール氏の所へ行って結果説明をしてほしいとのことだ。

テストトラックは二台共パーキングに並んで駐車しており、あたかも二人の来るのを待ちわびているかのようだった。

故障発生タイヤの代わりに装着された二本を除く八本が装着されているトラックは二万一千キロ、もう一台の十本は二万二千キロ走行で、二台共ついに規定の二万キロメートルをクリアーしていた。

加藤は十八本のテストタイヤを一本一本慎重に点検した。いずれにも致命的な故障はないが、三本のタイヤのビード部におのおの長さ十センチ、八センチ、五センチの亀裂が発生しているのを確認した。これは異常といえば異常な現象である。

井原が早速加藤に聞いた。

「この亀裂の原因はなんね？」加藤は、

「ソフトサンドを走る時にタイヤが砂に潜らんように空気圧をかなり落とすとたい。そん時にビード部に大きなストレスがかかって、こげな亀裂がある程度発生すっとは想定内たい。問題はこれが致命的かどうかばってん、それはなか。摩耗末期まで走行可能と判断しとるたい」と説明した。

「ハリールには報告すっとか？」

「事実として報告せんといかんだろう」加藤はそう言いながらアタッシュケースに入れた書類の中から一枚のグラフを取り出した。

「これは砂漠の中に廃棄されていたものと、トラックに装着されていた走行中のもの等、今まで点検したすべてのサハラXのビード回りの亀裂のデータをグラフ化したもんたい。縦軸にトレッド（タイヤが接地する部分）の摩耗率、横軸にビード回りの亀裂の長さをプロットしとる。摩耗が進むほどに亀裂が長くなっとるのがわかっど」

「ああ、なるほど、そうなっとるな」井原はグラフを見て頷いた。

「このグラフに今日の三本のデータをプロットすっとこの辺だな」

と、加藤はペンの先で指した。井原はそれを見て言った。

「亀裂の長さが、同じ摩耗率のフランソワよりずっと短いな」

「そうだ。ばってんこれは今はプロットせん。ハリール氏の目の前でプロットするたい」

「それはインパクトがあるな。じゃあ彼の所へ行こうか」

二人はハリールのいるオフィスへ向かった。

ハリールは待っていたように二人を迎え、

「結果を聞かせてくれ」と促した。

加藤はトラック二台、十八本の結果を説明した。

「各々二万一千キロ、二万二千キロ走行でテストタイヤ十八本のすべてに致命的な故障なく使用されています」

「しかし十八本の内の三本にビードのところに亀裂が入っているだろう」

ハリールはやはりテストタイヤを既にチェックしていたのだ。緊張が走ったが、加藤がすかさず答えた。

「はい、その通りです。しかし今後の走行に支障をきたすものではありません」

「走行に支障をきたすかきたさないかではなく、ポイントは故障が起きたか起きないかだ。技術承認の条件としては〈二万キロメートル走行して異常がないこと〉となっている」とのハリールの見解に対して、

「砂漠の中を二万キロも走って何も故障がないことはあり得ません。ロッキーエリア（砂漠の岩場）では傷も受けます。ソフトサンドでは空気圧を下げますので、ビード回りに極端なストレス集中を受け、この三本のような亀裂も起きます。そういった故障は異常ではなく、当たり前のことです。それが継続走行出来ないような致命的故障になれば異常と言うべきでしょう。最も重要なポイントは、ニホンタイヤはそういうストレスによる亀裂が起きても、寿命末期まで走れるということです。だからフランソワに代わり得るタイヤなのです」と、加藤は反論した。

「うーん、なるほどその通りだな。ではそれをどう証明するんだ？」

ハリールは答えを迫った。加藤は用意していた一枚のグラフを取り出した。そして先ほど井原にしたのと同じ説明をした。

「そうか、フランソワタイヤにこれだけのビード亀裂が入っているのはわかる」

「このグラフに今回我々がチェックしたタイヤの亀裂長さをプロットします」加藤はそう言って、そのグラフに今回の三本のデータをしっかり加えた。それを見てハリールが言った。

「同じ摩耗率で見ると、三点とも明らかにフランソワタイヤの亀裂より短いな。摩耗が進んだ時に亀裂が急激に成長すれば別だが、前に見せてもらったラボのデータやリビアでの廃品データからすれば、それは考えにくい。これは説得力があるぞ」

加藤と井原は顔を見合わせた。

「ムッシュ・ハリール、それでは我々はどうすれば良いですか？」

井原が聞くと、

「出来るだけ早く石油公団総裁宛に報告書を提出してくれ。それにこのグラフも添付して」と、ハリールは指示した。

二人はその夜にアルジェへ戻ると、その足でもう誰もいない静まりかえったオフィスに立ち寄り、ニホンタイヤ東京本社海外部と七洋商事東京本店物資本部宛にテレックスで結果報告をした。同時に既に帰宅している北山所長に電話を入れた。

電話のあと井原は、

「もう入札は終わっているので、今さら急いで報告してもしょうがない、と所長はあまり興味なさそうだったなあ」と、拍子抜けの様子であった。

ちょっとがっかりしながら、井原はオフィスからタクシーで加藤と一緒に独身寮に帰った。

翌朝、加藤はニホンタイヤ海外部よりテレックスで返事を受け取った。

〈調査ご苦労さん。二万キロクリアーなるもビード亀裂三本発生の状況理解した。ハリール氏の提案通りに石油公団へ報告書提出乞う〉とのことであった。

即刻、ニホンタイヤ名で、七洋商事アルジェオフィスの北山所長が代サインをして、石油公団総裁宛に報告書を提出した。

十七、クスクスの味

仕事が一段落した二人はその夜カスバのモナムールへくりだしたが、やはりキャシーことサチはいなかった。

クリスチーヌが待っていたように、すぐに奥から出てきたので、

「さっちゃんはまだ具合が悪いのか」と井原は早速聞いた。

「実は……」クリスチーヌは言いよどみながら、

「心臓の病気みたい。あまり良くないらしいわ。部屋はわかるでしょ、行ってあげて。ムッシュ・カトーも一緒に」と言ったので、何も飲まずに、すぐに二人で三階へ上がった。

ドアをノックするとまたあのお手伝いのファリダおばさんがドアを開けた。料理のいいにおいがした。

中には相変わらずベッドに寝たままのサチがいて、起きようとしたので井原が制し

た。

　サチは更にやせたようだが、肌は透き通るように白い。

「この前はすぐに帰られたけど、今夜はすこしゆっくりしてね。丁度ファリダがおいしいクスクスを作ってくれたから一緒に食べましょう」

「そうか、おいしそうだね。じゃあ、それを頂くとするか」と、井原は加藤と顔を見合わせた。

　クスクスは北アフリカ原住民であるベルベル人の伝統的料理で、小麦の粒（クスクス粒）のベースに、肉や野菜を煮込んだスープをかけて食べる。肉は羊、野菜はニンジン、ズッキーニ、トマト、玉ねぎなどが大きめのかたまりで入っている。

「それは何よりだなあ。頂きます」

　加藤は、具がたっぷりはいったクスクスを、スプーンですくって口に入れた。そして、

「ウアー、これはうまかー」とさけんだ。井原も、

「うーん、うまかうまか」と頷いている。

「おいしいでしょう」とサチもファリダも笑った。

　加藤は、ファリダに向かって、

「マダム　セ　トレボン　メルシー」（おいしいです、ありがとう）と言った。

ファリダは、

「ジュヴザンプリ」（どういたしまして）と返した。

小麦がスープをすぐに吸ってしまうので、何度も何度もスープのおかわりをした。みんなでクスクスを賞味していたその時、ドアが叩かれた。開けると、クリスチーヌが入ってきた。

「あら、クリスチーヌ、店から出てきて大丈夫？」とサチが聞くと、
クリスチーヌは、

「こっそり抜け出してきたのですわ。ちょっとぐらい大丈夫。いいものを食べてますわね」

「クリスチーヌ、食べていってちょうだい」

「すぐに店に戻らないといけないから、食べるのはやめときますわ。ところでサチ、お身体はどうですか？」

「ありがとう、クリスチーヌ、まあまあだわ」

「ふん、ダイスケが来たから元気になったようですわね。それじゃあ」と嫌味たらしいことを言って、クリスチーヌは去った。

加藤は井原とサチとクリスチーヌの微妙に難しい関係を感じながら、

「うまいクスクスをご馳走になったけん、おれもこれで失礼するばい。店で待ってい

る」と井原に言ってさっと出ていった。井原は、

「おれもすぐに行くたい」と加藤の背中に言った。

加藤が店に戻り、カウンターに肘をついて飲んでいると、奥からクリスチーヌが現れて、

「あら、ムッシュ・カトーだけ？　ダイスケは？」と聞いた。

「まだキャシーの所にいるけど、すぐに来ると思う」

それを聞いてクリスチーヌはぷいと横を向いてカウンターの奥に戻った。

一方、サチの部屋に残った井原も、

「さっちゃん、それじゃあまた来るよ」と言って、先に出ていった加藤を追いかけようとした。するとサチが、

「待ってダイスケさん、ちょっとだけこのベッドの私のそばに来て」と言って、サチの身体を包んでいる上掛けを開けた。

「えっ!?」驚いている井原にサチはもう一度、

「私のそばに来て」と言った。

彼は躊躇したが、サチの心情を察して、靴とジャケットを脱いだ。暖房が十分に効いているから寒くはない。そしてベッドのサチの横に滑り込んだ。

ファリダおばさんは気をきかせて部屋の外に出ていき、二人だけの世界を作って

くれた。

二人は黙って自然に抱き合い、深いやすらぎに包まれた。

サチは悔恨の日々の中に見出した希望を逃がすまいとするかのように、彼の背中にまわした指に力を込め、じっと目をつぶっていた。サチの長い黒髪が井原の顔にじゃれついた。懐かしい甘いパリの香りがした。

二十分ほどそうしていただろうか。井原はサチの髪と頬にくちづけをして、

「さっちゃん、おれはもう店に戻らなければならない。そうしないとあの女が君に何をするか？」と言って、ベッドから出て身支度をして、そっと部屋を出ていった。

店に戻ると、待っていた加藤に井原は、

「待たせて申し訳ない。帰ろう」と言って加藤の分の飲み代を払い、二人は店を出た。

クリスチーヌは顔を見せなかった。

十八、 逆転受注

テストタイヤの走行結果の報告書を石油公団に提出した十日後の一月二十七日木曜日に七洋商事アルジェオフィスの北山所長宛に石油公団から呼び出しの連絡が入った。

〈ニホンタイヤについて伝達事項あり。すみやかに来訪されたし〉とのことであった。北山は「また何か問題が起きたかな?」と言いながら、その日の午後に石油公団を井原と共に訪問した。

国際入札やテストタイヤの調査等にかかわって、今までの経緯を詳しく知っている井原を同行させるのが良いと判断したものだ。

石油公団の資材担当局を二人が訪れると、局長自らが何の説明もせず案内したのは総裁室であった。

「何だろうな、気持ち悪いなあ、井原君」「何ですかね、所長」

局長について中に入ると、だだっ広い総裁室の一番奥に執務机があり、総裁はそこに座っていた。

すぐに立って、二人に近寄り、握手をして、

「よく来てくれました、ムッシュ・キタヤマ、そこへお座りください」と言って、ソファーに座るように勧めた。北山は前に総裁にあったことがあるので、再会の喜びの挨拶をし、井原を紹介してソファーへ座った。

そこで総裁から直接伝えられたのは、思いがけない驚きと喜びをもたらすものであった。総裁と局長がいなければ北山と井原は抱き合って喜びあったに違いない。

「ニホンタイヤの砂漠用タイヤに技術承認を正式に与えることとなりました。おめでとうございます」と、丁寧に言って再び握手をした。北山は慌てて握手を返し、

「ありがとうございます。ニホンタイヤになり代わってお礼を申し上げます」と井原と共に頭を下げた。

すると総裁は引き続き、

「ついては保留としていたタイヤ入札の件ですが……」

そこまで聞いて北山と井原は顔を見合わせた。保留??

「技術承認が確定したので正式にニホンタイヤへオーダーを出すこととなりました。重ねておめでとうございます。百三十年間フランスの統治下にあった我が国が、真に

一本立ちするためにフランスとの商関係を絶つのは我がブーメ大統領の悲願であります。タイヤにおいてはフランスの代表とも言えるフランソワタイヤに代われるタイヤを求めていましたが、ニホンタイヤがその役割を果たしてくれると信じています。具体的な注文の詳細はこの資材担当局長が伝えます」と言った。

北山と井原には万歳したいような総裁の言葉であった。

総裁室を辞した二人が、局長と共に彼のオフィスへ戻ると、またまた驚きの人物が待ち構えていた。なんとそこにはハリール氏がいたのである。

そこでハリール氏からサイズ別本数と金額詳細が記入された正式注文書が北山に手渡された。

日本有数の商社とメーカーが力を合わせて勝ち取った一つの事例が誕生した瞬間だ。

合計金額は、ニホンタイヤと七洋商事が当初目標としていた三千万USドルをはるかに上回る〈三千五百万USドル〉であった。日本円では百億円（ドル＝二九〇円）のビッグビジネスである。

ハリール氏は、

「あんたたちは一気に大口サプライアーだよ。実はフランソワタイヤとは三ヶ月間だけの限定購買契約をしている。その後、もし更に必要となったら都度延長出来るが、必要がなくなったらいつでも契約を解除出来る条件となっている。ニホンタイヤが着荷し始めたらフランソワタイヤは終わりだ」と言い、ニコッとしてウインクした。

北山と井原はハリール氏と固い握手をした。彼は単なるハッシメサウドの現場のエンジニアではなく、このビジネスのキーパースンだったことがわかった。

この情報はすぐに東京のニホンタイヤ本社海外本部と七洋商事本店物資本部に連絡されると同時に、ニホンタイヤカイロオフィスにもテレックス送信された。

それを受信したカイロでは森本と加藤が抱き合って喜んだ。

目玉新商品である砂漠用タイヤ『ＣＡＭＥＬ』（ラクダ）には直ちに工場での量産設備が整えられた。

砂漠が国土の八四％を占めるアルジェリアでこの『ＣＡＭＥＬ』が走り回ることとなる。

受注したのは砂漠用タイヤだけではなく、乗用車用、トラック用、建設車両用、鉱山用等、あらゆるカテゴリーであり、これらのニホンタイヤがアルジェリア全土で活躍することとなった。

十九、 迷宮カスバからの脱出

アルジェリア石油公団資材担当局とのタイヤ供給契約調印式にはニホンタイヤ東京本社から宗像海外本部長が来アして、七洋商事の北山所長と共に出席した。これにカイロから加藤が同席を命じられた。

三人ともつい二週間前までは首を洗っていたものである。

失注によるものか、走行キロメートルデータの改ざんを指示したことが理由かは不明だが、既に左遷となったニホンタイヤ東京本社の浜中海外部長と関根アフリカ課長が、この大口契約獲得によってカムバックするという人事はなかった。当然のことだが。

契約締結が無事に終了し、帰国する宗像本部長を井原と共に見送った加藤は、再び七洋商事の独身寮にしばらくお世話になることにした。これから大量のニホンタイヤが着荷してアルジェリア中を走り回るわけだが、その前に加藤が確認しておくべきことは山ほどある。

その夜、井原と加藤はカスバのモナムールへ繰り出した。キャシーことサチはやはり働いていない。二人でカウンターに片肘をついて飲んでいたがクリスチーヌも出てこなかった。

井原がふと思いついたように、

「サチのところへ行ってみよう」と言った。三階に上がってサチの部屋をノックすると中から小声で、

「セ　キー？（誰？）」と家政婦のファリダおばさんが聞くが、いつもより小声だ。

「イハラだ」と言うとドアがそっと開けられた。

井原と加藤が中に入ると、そこにとんでもない光景が目に飛び込んできた。クリスチーヌが頭を血だらけにして床に転がっている。完全に息絶えている様子。その傍にやはり血のついた花瓶が転がっていた。

サチが呆然としてベッドの上に座っている。

「さっちゃん、どうしたんだ？」と、井原が聞くと、

「私がクリスチーヌを殺したの」と言って泣き出した。するとファリダもワッと泣き出して、

「違います。私がこの花瓶でクリスチーヌの頭を叩いたんです」と言う。どちらかがどちらかをかばっていると、井原も加藤もすぐに分かった。

病気で弱っているサチにこの重い花瓶を振り下ろせるのか？

何はともあれ、この急場にどう対応すべきか？ すぐに判断しなければならない。

井原がファリダに聞いた。

「もう死んでいるから救急車を呼んでも無駄だろう。警察に連絡するか、店の方に連絡するか、どちらにすべきだろうか？」

「クリスチーヌが戻らないから店の用心棒が探しているはずです。だからもうそろそろここに来る。そして私たちは口封じのために必ず殺される。だから先ずはこのカスバを脱出することが先決です」家政婦のファリダのイメージにそぐわないような冷静さを見せて言った。

「そうか、とりあえずカスバを脱出することが先決だな。さっちゃんすぐに出れる用意をしてくれ」と井原が言うと、ファリダが手早くサチの身の回りの物をバッグに詰めた。サチが冷えないようにガウンの上にオーバーを重ね、井原と加藤が交互に背負って逃げることにした。だが階段を下りたらそこは店だし、階段で店の用心棒とはち合わせするかも知れない。

するとファリダが言った。

「裏の非常階段を使う。だけど下まで降りては危ない。途中で隣の屋上物干し場に移って、そこから屋根伝いに行きます。行き方は私に任せてください。あなたたちはキャシーをしっかり背負ってついてきて」

なるほど、家と家が寄り添うように密集しているカスバは屋根伝いに移動することが出来る。

しかしサチを背負っての逃避行はとても大変な作業だ。背負われているサチにとっても命がけのことだ。だが一刻の猶予もない。やらねばならない。

ファリダは屋根から屋根へ迷宮のようなカスバを迷うことなく伝っていく。サチを交代で背負う井原と加藤は、落とさないように細心の注意を払いながら必死でファリダを追う。

やがてようやく屋根から狭い階段道に降りた。

両側から迫って倒れてくるように感じた、ひしめくように建っている家並みが今はありがたく感じた。

「ここまでくればカスバの出口は近い」やっとファリダはホッとしたような表情になった。

「さっちゃん、もうすぐに自由になれるぞ」と井原が励ますと、サチは加藤の背中でしっかりと頷いた。


アルジェ港の灯が見えかくれしてきた。

「もう少しだ、さっちゃん、がんばれ」と今度は井原が背負って声をかける。

一歩一歩、カスバの出口へと近づいていく。ホテルアレッティの窓の灯りが見える。

その時だった。井原の肩にかかっていたサチの両腕がだらりと落ちた。

「おい、さっちゃん、出口はもうそこだぞ。いよいよ魔界カスバから出れるぞ、自由になれるぞ」井原が呼びかけるが反応がない。

一緒に必死にガイドしてきたファリダが異常を察知して、両腕に持った荷物を片腕にまとめて、もう片方の手でサチの背中をさすりながら泣きだした。

「こら、どうした、サチ、サチ」

井原はサチに声をかけながら、

「加藤君代わってくれ。おれは先にホテルアレッティに行って救急車を呼んでもらう。君は急いで、でも気をつけて降りてきてくれ」と、加藤に言い残して階段をかけ降りていった。

加藤は慎重に慎重に降りた。あせってはならない。ここでつまずいたら取り返しのつかないことになる。つまずいた時のことを想像するだけで足がすくむ思いであった。

そうしてついにカスバの出口へたどり着いた。背中のサチへ呼びかける。

「サチさん、カスバを出たぞ、自由の身になったぞ」

しかし反応はない。

ホテルアレッティの前で井原が手を振っている。救急車の姿は見えない。まだ来ていないらしい。

サチを背負った加藤とファリダがようやくホテルに着いたとほぼ同時にサイレンが聞こえ、ブルーライトを点滅させながら救急車がすべり込んだ。

救急隊員はすぐに異常を察知し、ホテルロビーのフロアに毛布を厚く敷いて、サチをそこに寝かせた。そして直ちに脈や瞳孔をみる。心臓は動いていないようだ。

隊員がサチの鼻をつまんで口から息を二度ふきこんだ。それから胸に手を当てて、心臓あたりを繰り返しプレスした。

ファリダは身体を震わせて泣いている。

背中で彼女がぐったりとなってから何分ぐらい経っただろうか？　もう時間が経ちすぎたのか？　加藤はそんなことを考えていた。

「さっちゃん目覚めろ、頼む……」井原は祈った。

救急隊員はまた口から息を吹きこみ、そして手のひらで胸の圧迫を繰り返している。

隊員が井原に聞いた。

「呼吸が止まったように感じてから何分ぐらい経ちましたか？」

井原は加藤の顔を見た。加藤は、

「あまり長い時間を言うと、隊員はあきらめるかも知れないな」と井原に言い、

「胸の鼓動をほとんど感じなくなったのは、ここに着くほんの一分ぐらい前だったと思います」と言って、それを井原が隊員に説明した。隊員は、

「そんなに時間は経ってないですね」と言ってまた力いっぱい心臓プレスを続けた。

どのくらいの時間そうしていたのだろうか？　ずい分長い時間が経過したようでもあるし、ほんの数分のようでもある。しかし、胸のプレスはもう数十回やっている。ダメか、と井原が観念しかけたその時、サチの目が少し開いたように見えた。

「あーっ、さっちゃん、サチ」と、井原が耳元で呼びかけた。だが目が開いたように見えたのは錯覚だったのかも知れない。

「とにかく病院へ運んで、救急処置を試みてもらいます」隊員はそう言った。

「なんとかしてください。お願いします」井原がそう言うと隊員は、

「最善を尽くします。病院の救急担当医が、いろいろな機器を駆使して再生させてくれるかも知れません」と言って、サチをストレッチャーに寝かせて救急車へ乗せた。心臓マッサージは続けたままだ。井原と荷物を持ったファリダが同乗した。加藤はタクシーで追いかけた。

救急車はブルーライトを点滅させ、サイレンを鳴らしながら、夜のアルジェ市街を国営病院へ向けて疾走した。

病院で救急医がサチの心肺蘇生を施している間に、ファリダが井原と加藤に告白した。

「クリスチーヌを殺したのはキャシー（サチ）ではありません、私です。クリスチーヌはキャシーの部屋に来て、前にお二人が来た時に、ムッシュ・カトーが先に出て行き、ムッシュ・イアラが残ったことを激しくなじりました。ほんの少し出ていくのがずれただけなのに。その他にもパリでのキャシーとあなたの関係をかなり誤解していたようです。女の嫉妬心はすごいです。病気のキャシーに対してあまりに酷い言葉を投げつけるので、私はクリスチーヌを黙らせたいと思い、花瓶で頭を思い切り殴りました。クリスチーヌはこん倒しました。そしたらキャシーが自分はどうせもう長くはない身だから、組織に殺されてもかまわないので、自分がやったことにすると言いました。そこにあなたたちが現れたのです」そう言ってファリダはうなだれた。

「そうだったのか。それであなたはこれからどうする？」

「カスバに戻ったら組織に殺されます。警察に自首したいと思います」

ファリダの言葉に井原と加藤は顔を見合わせて首を振った。そして井原がファリダに言った。

「警察に行っても無駄だよ。組織はこれを殺人事件として届けたらそれこそやぶ蛇になるから絶対に事件にはしない。クリスチーヌの遺体は組織で処分する筈だ。だからファリダ、このことは忘れるんだ。それから、もちろんあなたは絶対にカスバに戻ってはいけない」

二〇、 緑の置文《おきふみ》

地中海の西の果てに太陽がじわりと降りていく。あと数分で港は夜の帳につつまれる。

井原大輔は港を望むホテルアレッティのテラスで、五月の風を受けながら沈む夕陽を悄然と眺めていた。

迷宮魔界のようなカスバはこの裏手にあたる。

前野幸をカスバから脱出させた時から既に四ヶ月が経過した。

もうお礼奉公は終わり、そろそろ帰国の準備をしなければならないと思っていた井原に、引き続きアルジェ駐在員として三年間滞在の辞令が正式におりた。

語学研修生がそのまま駐在員にスライドするのは異例のことだが、ニホンタイヤ商いの獲得が評価されたのかも知れない。

しかし彼の心が晴れることはなかった。

幸を脱出させることは出来たが、あの時停止した彼女の心臓が再び鼓動することはなかった。

奇跡は起きなかった。

幸はフランスで拉致されカスバへ連れてこられ、絶望の淵にいながらも懸命に生きてきた。だが極端なストレスが元々弱かった幸の心臓を痛めつけた。三十一年の人生はあまりにも短く幸が少なかった。名前の幸は何だったのか。

井原はポケットから一通の手紙を取り出した。

幸の遺品はわずかな衣類と化粧品だけであったが、手紙は衣類の間に挟まれていたものだ。宛先はなかったが、文面から井原宛であることは明らかだった。珍しい緑色の字だったから別れの手紙のつもりだったのだろうか。だけど迷って、結局そのまま葬るつもりだったのだろうか？

もう何度この手紙を読み返したことか。所々字が滲んでいる。

〈少しの期間でしたが、思いがけずアルジェリアのカスバという異郷でお会い出来て、本当に嬉しいひと時を作ってくださってありがとうございました。

私は今病で伏せっていますが、治ったとしてもこのカスバを出ることは出来ません。

でも、気持は今までとは全く違います。あなたがもしかしたら今夜もこの部屋に来てくださるのかと思うと、とてもわくわくした気分になります。パリのお店では何度もお会いする機会があったのに、あまりお話も出来ず、というか、私の方からあなたを避けていました。ごめんなさい。本当はもっともっとお話をしたかったのに。

あなたが勤めておられる大手の七洋商事とは比べものになりませんが、私は東京である商社に勤務していました。そこで上司と道ならぬ関係を持ってしまいました。その時はまだ健在だった母に相談しましたら「幸がどんな恋愛をしようとお母さんはなるべく干渉しないようにしたいけど、これはやめた方がいいと思う。とにかく相手さまのご家族にご迷惑をかけることだけはしないように」と、きつく言われました。その母はもうこの世にはおりません。

私は母の言ったことをしっかり守っていたつもりでしたが、意に反して、結局は彼のご家族にご迷惑をおかけすることとなってしまいました。詳しくはここでは書きませんが、とにかくご迷惑をおかけしたのです。

私は彼の前から消えなければならないと思い、会社を辞め、わずかな退職金を頂いて、一度旅行で来たことのあるパリへ来ました。

旅行の時は只々驚いただけで終わりましたが、住んでみるとパリの魅力に心を奪われました。見るところが多いのはもちろんですが、それよりも、どんな所に住もうが、どんな格好をしようが誰も気にする人はいないという、その懐の深さに私は感動しました。パリはお金持ちも私のような貧乏人でも平等に受け入れてくれました。

私にはパリに来て良かったと思えるような、ささやかな幸福を味わう機会が二つほどありました。一つは時々ロワールのお城群を見に行った時、もう一つは月に一度お店に来られるあなたとお会いする時でした。でも、私にあなたと仲良くさせていただけるような資格はありません。お会いするだけの楽しみでした。クリスチーヌから、あなたには東京に婚約者がおられると聞いてからは、なおさらあなたとは親しくしてはならないと自分に言い聞かせていました。

ロワールのシュノンソーとショーモンのお城にクリスチーヌと行ったあの日、私たちはオルレアンのブティックに立ち寄り、私はそこで拉致されました。

あまりに楽しすぎて心にすきが出来たのかも知れません。街を歩いていた時に、たまたまクリスチーヌが私に薦め、私もとても気に入ったデザインの洋服が目に入りました。そしてついその店に入ってしまいました。試着したいけれど、危ないかな、と思いつつ、フランス人のクリスチーヌがついているから無理やり買わされることはないだろうと思いました。

試着室に入って着替えようとしたその時に、開くはずのない姿見が開いたのです。

目の前には大きな男の人が私を見下ろしていました。これは前にお話しした通りです。

それから先はどうなったのか全くわかりませんが、とに角このカスバに連れてこられました。当初はここがアルジェリアであることさえわかりませんでした。

そしてモナムールで働かされ、時々二階に行ってお客の相手をさせられました。常に誰かに見張られていましたので自由は全くありませんでしたし、怖くて逃げることなどとても考えられませんでした。

あなたが婚約されているというのはクリスチーヌの嘘だったと、そして拉致の手引きをしたのも彼女だったとあとでわかりました。

女は好きな男を他の女に取られないためには、いざとなったら何でもする生きものです。

彼女も幸せとは縁遠い人生を歩んできたらしいのです。それと、彼女にとってもあなたはとても大切な人でした。それは彼女の言動からよくわかりました。

井原の心には、クリスチーヌを嘘つき女だと憎むのと、哀れな女だと思うのと複雑な感情が入り混じっていた。幸の手紙は続く。

私の命はもうそう長くはないと思います。覚悟は出来ているつもりでした。
でも、あなたと再会出来てから私は生きる望みを持ちました。もっとお話をしたい。
なんとかこのカスバを抜け出したい。もう一度パリの石畳を踏みたい。だからまだ
死にたくありません。井原さん助けて、助けて〉

手紙はそこで終わっていた。

読みながら、井原の目からまた涙がこぼれた。読むたびに哀れさが蘇ってくる。

カスバから吹いてくる特有の匂いを含んだ風が、首筋や背中を刺激して地中海へ通り抜けた。

港はすっかり夜の帳につつまれ、アルジェ港に停泊する船の灯りが霞んで見える。

汽笛がサックスのすすり泣きのように響き、寂しさを一層つのらせる。

井原はスコッチを一気にあおった。

了

〈著者紹介〉

竹中水前（たけなか すいぜん）

本名：竹中 寛（たけなか ひろし）
熊本県出身　東京都江東区在住

1965年	（株）ブリヂストン入社
1970年	日本大学理工学部夜間部卒業
1975年以降	レバノン、エジプト、イギリス、フランス、西ドイツ、ベルギーに駐在 その後　オーストラリア、南アフリカで9年間現地法人の代表取締役社長を歴任

以上合計23年間の海外勤務を家族帯同で経験

2007年	定年を機に南アフリカより帰国 継続勤務傍ら文学を志し、塩見鮮一郎先生、八覚正大先生に師事
2009年	（株）ブリヂストン退社
2010～2016年	三井物産パッケージング（株）技術顧問

著書　『濡れた石畳』（幻冬舎2018年）
　　　『アパルトヘイトの残滓《ざんし》』（幻冬舎2020年）
　　　※以上、「竹中 寛」名にて出版

賞歴　エッセイ社会批評賞
　　　　『タイヤ検視官』（文芸思潮2014年）
　　　エッセイ優秀賞
　　　　『カダフィーの国のヌエジ』（文芸思潮2023年）
　　　銀華文学賞佳作
　　　　『とかげの頭切り』（文芸思潮2019年）

カスバの女《おんな》

2024年3月15日　第1刷発行

著　者　　竹中水前
発行人　　久保田貴幸

発行元　　株式会社 幻冬舎メディアコンサルティング
〒151-0051　東京都渋谷区千駄ヶ谷4-9-7
電話　03-5411-6440（編集）

発売元　　株式会社 幻冬舎
〒151-0051　東京都渋谷区千駄ヶ谷4-9-7
電話　03-5411-6222（営業）

印刷・製本　中央精版印刷株式会社
装　丁　　弓田和則

検印廃止

Printed in Japan
ISBN 978-4-344-94991-1 C0093
幻冬舎メディアコンサルティングＨＰ
https://www.gentosha-mc.com/

JASRAC 出 2309050-301